第 **7** 隻 毛毛蟲

成長與蛻變

卓子瑛・著

作者序

「觀察到第七隻毛毛蟲，才發覺毛毛蟲化蝶的方式不盡相同。有的一夕奮身化蝶，遺下掙扎蛻變的痕跡；有的掛身樹上數日，恍若入定老僧，逐漸羽化成蝶。第七隻毛毛蟲，則是照正常程序，化蝶前先作繭自縛，第三天破繭而飛，遺下懸空的繭殼伴著蝴蝶樹。」

當我在自家陽台花園觀察到第七隻毛毛蟲時，正也是我當下人生階段作繭自縛的時候，看著桔子樹上懸浮著的繭，感覺彷彿是大自然在教育我領悟什麼，領悟人生在每一個階段都可能有作繭自縛的時候。如若毛毛蟲，作繭無非是等待蛻變，那麼在人生青黃不接的隙縫裡，作繭毋寧是自縛著對未然的期許，期許成一隻彩蝶，一隻翩然起舞的蝶，以一襲璀璨的舞衣彩繪晴空。

人生至此，恍如一場夢境，雜揉著生生各式場景，有的已醒，有的未醒。已醒的稱為過去，未醒的則正在進行著或待未來完成，然而能否完成又是夢。就這樣一路堅持的追逐著，夢了醒醒了夢，轉瞬已皓首。

什麼事值得皓首以窮？必定是言人人殊，其關鍵在於個人之價值認定。

回首來時路，歲月悠悠半百有餘，唏噓著人生乏善可陳，僅以二三呢喃夢囈集結成冊現於世，貽笑大方。

2009歲次己丑　識於台中梧棲

第 1 隻毛毛蟲

contents

雜記

政大

登山

教育

讀　書

雜記

◀07，11月，2005▶
杉林溪的精靈

94/10/24出差，夜宿杉林溪，感覺山中精靈現身夢境，成群的頑皮精靈，圓圓的笑臉，水滴般的淡菊色身形，從窗櫺躡身而入，在床前跳舞，然後一個個串成空中飛人般，懸在屋樑上擺盪，我在睡夢中笑著旁觀，知道祂們是不傷人的精靈，在深山裡選擇一個懂夢的人現身，懂祂們是精靈而不是鬼怪，懂祂們落入凡間監管自然生息。翌日清晨記憶猶新，在筆記本裡畫下祂們的身形，期待來日於靈界相遇，說當年夢境。

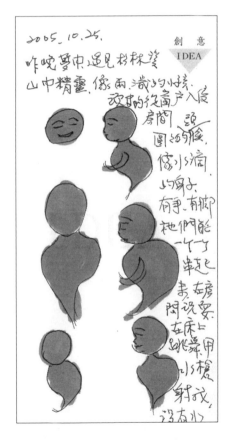

2005.10.25.
創意
IDEA

昨晚夢中，遇見杉林溪山中精靈，像雨滴的小孩，夜間的從窗戶入侵房間，頭圓的臉，像小滴的身子，有手、有腳，祂們能一個個串起來左搖右擺，問說要在床上跳舞用水槍射我，沒有水

◖10，11月，2005◗
煙花悟

　　看了杉林溪的雲朵，方悟詩仙李白何以愛用「煙」來形容春景：「煙花三月下揚州」、「陽春召我以煙景」。原來流動的雲如煙如花，在春日的天際伴著飛帆飄散，隱入陽春燦爛的蒼穹。恍悟的心是雀躍的，我回頭遍告眾人，眾人莞爾，不過個人心得罷了。

飛天

有N次夢裡飛天的經驗。

飛天不需雙翼，雙腳點地即能如燕飛翔。

總是在台灣上空盤旋，沿著海岸線穿梭逡巡，飛越山川水泊，一片褐色大地，在夜空下越發深沉，看不到什麼人，只有荒蕪的坑谷從腳下掠過。我像小飛俠Peter Pan一樣自在飛翔著，在山巔隨意起落，幾乎以為自己是能飛的凡人，醒來卻每每悵然，何以清醒時人就笨重了？再也不能點地起飛！

反覆的夢裡飛天，許是逃離現世的渴望。今世的課程難修，能量在纖弱的軀殼裡萎鈍，靈魂在小腳的環境裡禁閉，清醒著也只能焦慮於瓦釜雷鳴。飛吧！在自己的夢裡釋放靈魂！只是為何夢醒？為何夢醒！

◖17，11月，2005◗
白說

　　白，是空，是無，是一片單純的心地。所以有詞曰「空白」，有語曰「白忙一場」。

　　空白就是空，白忙一場就是無。近日狂愛白色，乃是厭倦複雜的情境。感覺受傷，找一襲白衣裹身，讓心放空，憂傷無處著力，饒過自己，別在無謂之處纏鬥。在白裡找最初的單純，最初的空，最初的無。原點為真、為美、為唯一單純的信賴。白，也是最終的了悟，於是披白紗完婚，發白帖送終，原來如此。

叛逃的咖啡

　　一週裡最期待的是週日，不必上班，也不需趕學分班的課，可以在任何一個時間悠悠醒來，然後慢條斯里的煮一壺咖啡犒賞自己，espresso或café au lait則取決於冰箱裡鮮奶存量。

　　今日咖啡在爐子上叛逃兩次，一次是掀蓋子時手笨打翻，一次竟然是咖啡自己在爐子上跌倒，對這個現象甚覺有趣，開始推敲因果，最後歸咎於屋外怪手震天價響的挖地聲波，影響到壺在爐子上站不穩，於是閉門隔音再移開爐架，不信咖啡喝不成，今日有充分的時間擦地為奴。

　　愛咖啡成痴，倒不致於喝咖啡上癮，許是生性冷淡，許是心不真在此，總之半百之年無可成癮之事物，只是甚愛煮咖啡的過程。從研磨咖啡豆開始，就醉在濃郁的香氛裡，心神慵懶的釋放，備戰的神思得以稍歇，感覺是善待自己的必需。每在高速公路服務站休息，總會繞到Starbucks，看看有什麼咖啡豆，久之成習，凡有咖啡櫥窗必佇足。

　　今日兩壺咖啡洗地，滿屋瀰漫著濃濃香味，正是名符其實的「子之燕居」咖啡屋。

22，11月，2006
有一段時間了

　　這樣的停停寫寫有一段時間了，部落格像養小孩，成了一種責任，不時要丟一些東西上去以維繫版面不荒廢。

　　在無名小站開了一個部落格，後來又把網誌關閉了，覺得很內心的東西是不營養的灰頹、抑鬱，並不適合開放。隨筆與日記終究是不同的，對我來說日記有著治療的功效，以自己的內心作為自己的心理醫師，什麼樣的情緒傾倒完畢之後第二天又能光鮮亮麗的面對挑戰與壓力。寫日記在紓壓。

　　最近這樣的方式似乎不管用了，感覺人生好像又要走到盡頭。苦難不是已經過去了嗎？老天還有什麼饒不了我的？走到辦公室的腳步總是吾行遲遲，11/16的中午我晃盪在清水街頭找「太和春」中醫師求診，一路買著甘蔗汁、柳橙汁、金桔……我需要這些水份維持平衡……中醫師中午要休息到兩點……

　　「妳去考中醫吧！有空妳來我講些中醫原理給妳聽，」謝醫師邊把著脈邊說，我也不置可否，想想臨老可為者還真多，只是我現在好像撐不下去了。「妳根本不是骨頭的問題，妳是感冒了。」「我怎不知自己感冒呢？只是覺得疲憊，以為昨天跌得骨頭內傷。」「因為妳健康狀況不錯所以不覺得。」

　　11/15美學講座完畢後，從樓上捧花下樓時踩空跌坐在地上，把身旁的小老師們嚇的驚惶失措，攙起驗傷只是瘀青，連擦傷也

無，筋骨活動自如，神奇。11/16晨起感覺疲憊不堪，才決定訪醫，原來不過是感冒。「妳脈息微弱、氣虛，有工作壓力？給妳配這帖藥有助紓壓」，紓壓也有靈藥？姑且一試。或許吃藥本身就是心理治療，一種心理依賴，一種安全的感覺。

　　就這樣部落格登入又登出，頭腦一片空白，寫什麼呢？好累好累……

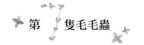

◖11，12月，2005◗
老地方

　　許是有一點年紀了，對年輕時經常出沒的地方有一點點眷戀。許是對離家孩子的思念，這些地方都有我們母女子仁的足跡。

　　年輕的時候，不遺餘力的規劃孩子的才藝課程，鋼琴是一定要學的，因為手指頭的運動能刺激腦部，是訓練孩子反應能力的方法，女兒加學舞蹈訓練儀態，兒子加學跆拳鍛鍊體魄，幼稚班開始逛書店學習自己選書。因此從女兒四歲起就自大度山遠征台中市：市府路的功學社音樂教室、民權路的朱麗姬舞蹈班、三民路的童書店，兒子五歲加入行列：三民路YMCA奧弗打擊樂、跆拳道，於是四維路的中非咖啡就成了一家仁鵠候聚集的老地方。

　　這裡的咖啡豆很香，煮咖啡的嗜好就是從此養成。推開厚重的玻璃門，咖啡香迎面撲鼻，選一個靠窗的位子是多年的習慣，把自己框在落地的窗裡也是一景，一點無藥可救的自信並沒有因歲月流逝而稍減，這也成了我的人生可努力的項目，努力成為恆河流砂裡的一粒金砂。

　　昨日在忠孝國小研習，梁副館長提議喝咖啡，指定班長召集，我毫不猶豫的帶他們到此，在老位子上為自己點一杯始終如一的曼特林黑咖啡，談笑間不知不覺神思遠離，獨自沉浸在過往的情境裡……

放手的時候

　　我深信佛洛伊德的學說：人格成形於幼時的教養。因此孩子小時嚴格管教，努力形塑，從律定生活作息到學科、才藝養成，必須「唯媽媽之命是從」，稍有違背，家法伺候，絕不寬貸。我更相信，獨立的人格要有自由的空間才能發展完成，所以孩子國中以後我就放手了，不介入過程策劃，但問結果，達不到媽媽給的目標，等著看媽媽的臉色。

　　許是媽媽的臉色真的難看，孩子也都能在他們的能力範圍內完成目標。只是放手以後的路才是難題的開始，從強力施為到從旁輔導，必須要深信「孩子比我聰明」，才能放心放手，且要容許犯錯的空間，隨時做好收拾殘局的準備，卡夫洛夫的「嘗試錯誤」是等待孩子成長的必要理論。

　　人生的挫折不定起於何時，對於親子的緣分，有生之年但能放手而不能脫手，教育的成敗，似乎也不只學業的完成與否，將來的立身處世，才是幼時形塑的最終目的。路，還很漫長……

◖21，12月，2005◗
療傷

　　失去親人的痛，不定什麼時候竄上心頭，重重的敲擊一下，我總是倉皇匆促的逃離人群，隱身在繁華喧嚷的塵囂外獨自療傷……

　　這個時候，最好有一點音樂，不要交響，不要熱門，也不要聽誰唱歌，尼尼羅素也不對。最後還是選了James Last，有一點交響，一點熱門，還有一點點歌曲，悲傷原來是如此錯綜矛盾的不可理喻。

　　看得到前面的路嗎？這麼走著往往只是不願回頭，卻又不肯留在原地。未知的挑戰遠比別人已走爛的路更能說服我的倔強，或許我就是敗在這個倔強，明知轉彎的獲利大於堅持，卻寧願選擇迂迴甚且難以成功的荊棘之路，只因不願那一點點卑微的驕傲受傷，卻又總愛把驕傲隱藏在玩世不恭的態度裡令人退避三舍。如果人生是一場試煉，我就堅持用自己的方式完成，不讓那一點點驕傲受到絲毫傷害，所以，我會上演同樣的戲碼，撤退、撤退、再撤退。

◀24，12月，2005▶

草山行

　　充滿硫磺煙硝味兒的小
油坑，熱氣自地底竄出，驅
散了草山寒冬的凜烈。一家
仨從中國麗緻出來，就賴在
這兒環繞的暖流裡與滿山煙
雲合影，看能不能兜攬一鏡
頭氤氳山嵐……

　　草山有滿山的海芋和溫
泉，在白磺流轉的湯泉裡，
總會想到白居易長恨歌裡的
「溫泉水滑洗凝脂」，原來
今人也不過重複古意，原來
人類反反覆覆少有新意，似
乎古今並沒有太大差別。

　　不過草山的溫泉仍舊是
上好的，值得推薦的品質，
養顏養生的好泉除了關子嶺
的泥漿就是這裡了，可惜山
水迢遞，路程遙遠，總要好

些時日才得北上一趟，往往又是蜻蜓點水來去匆匆。

曾幾何時「偷得浮生半日閒」也奢侈了，生活品質在促趕的步調裡變樣了，再也不能精雕細琢的完成什麼想法，只能沒有想法的拼湊支離破碎的歉意，完成一個空洞的圓，心也空了，只剩下劍拔弩張的表面張力，很沒有內涵的浮誇吶喊，質變了，心痛了，達不成目標的歉意更深了……

在草山醺熱的湯泉裡，在小油坑濃嗆的煙硝裡，神思在方外遊走，今後立足的點糢糊了焦距，多少有些落不定塵埃的忐忑。人生是永不回頭的進行式，且戰且走，直到步履蹣跚，長河將盡，也無功過，也無罣礙……

這一年

　　歲末，在逢甲圖書館班部落格製作課上，趁便逃逸到學校的部落格裡沉澱思緒，在這一年最後一天的午後悄悄審判自己。

　　父兄的雙雙仙逝，是最難釋懷的傷痛，平素以我為榮的家人凋謝已盡，懷疑自己存在的意義，找不到必須努力的充分理由，深有「出則銜恤，入則靡至」的悲哀迷惘。

　　人，總有看不清自己的盲點，很多時候要藉由外力來測試自己的極限，這一年的種種，似乎就是這樣的測試，發覺自己的承擔張力已到盡頭，於是「捨」與「離」就是自救的最後選擇，為自己留一方單純的淨地，一方足以療傷的自在空間。

　　我的能力小小的無法兼顧父兄的老病，多年來僅能拉拔孩子的成長，只能應付自己的挫敗，等有餘力回顧父兄，卻只能南北奔波，徒勞往返，體力到盡頭，形神交瘁。

　　這一年的磨難，是上帝給的試煉，銼磨性格裡的稜角，抽離生活中不堪的承擔，讓我能從不同的場域鋪陳人生，許是該感謝，許是該慶幸，一派不知轉彎的生性，在外力的施為下，開出一彎通路，得以稍歇安神，重新檢視生涯……

【04，1月，2006】

琴傷

　　這把琴，是十六絃的小箏，相伴已卅餘年，乃舍妹所贈。

　　年輕時雅好樂器，兼之稍通音律，但有曲譜便能彈奏，想不過自娛罷了，就不曾拜師求藝。暇時輕攏慢撚，古意盎然，每每自醉於「平沙落雁」，便覺千種風情不過如此。

　　父兄逝後，撫琴即淚下如雨，從此荒置遠棄，不敢稍掀琴幔。何以琴傷如此？想是近十年來依賴父兄甚深，撿骨入罈之際失聲痛哭，昔日完好之形體瞬間化作一堆白骨，昨日之言笑晏晏已無覓處，情何以堪？情何以堪！造化喜以情苦人，莫若孑然一身，於動心處忘情，以絕情傷……

　　今日學校歸來，試著重調琴音，一曲未了，悲從中來，急急下樓翻找冰箱存糧，鮮桔＋桔子醬＋冰糖，煮一壺冬日暖暖的依恃，或可忘情於一時。

取捨之間

取捨之間並無對與錯，不過生命情調罷了。

孔孟周遊列國，陶潛賦歸田園，屈原披髮行吟澤畔，雖各有其所堅持與成就，而執著則一，正所謂「道不同不相為謀」。

世間道何其多，然生有涯，力有所不逮，能行之道不過一二，窮畢生之力以追之未必有成。於是「方法論」、「捷徑說」叢生，以求達道也。

達道有時有命，時乃機會之成熟，命乃機運之薈萃，人力天意各半，缺一則功敗垂成。然天意難測，凡事問天又未免畏縮滯礙，唯有「用君之心行君之事」，於是智慧乃生，生命情調乃現，五光十色之人間世於焉成型。

莫歎時不我與，莫羨人之達道；時有限，道有窮。但求有生之年執著所取，放下所捨，不過適志罷了。

◀11，1月，2006▶

燕居

終於掛上了，這塊心心
繁念的牌子……

趁休假之便走了一趟
三義，在雕刻店裡穿梭盤
桓，尋覓一塊好木，可以刻
上「子之燕居」的香香木。
木頭的圖像久存心中，不必

四四方方，但求自然，在未琢磨之前能認定它的美。

似乎不太困難，走到第二家，看了四五塊就找到了，一塊
自然伸展的檜木，散放著淡淡的木香，灰褐色的表象，像是等了
五百年的疲憊，我看到它修整後必美的形象，就決意訂下。

店裡懸掛的字型太也粗放，不是我心裡纖瘦神清的圖像，
雖「燕居」，也醜不得，天生愛美，無可救藥。回家來電腦裡找
字，「粗行楷」勉強可看，就這樣成就了「子之燕居」，掛在門
外右邊的壁上，守護著蝸居樓閣。

不過是依恃著名字裡有一個「子」，就大膽向孔夫子借招
牌，所謂「子之燕居，申申如也，夭夭如也」。真是羨慕孔子的
自在和樂家居，心嚮往之久矣，真意原是隱藏在「子之燕居」之
後，「家居」是安神的最後場所，必須自在，必須美。

千里兒心

晚餐是兒子剛從花蓮捎來的小吃……液香扁食……

這幾天兒子學校畢旅，雖然昨天已電話預告，宅急便會捎回媽媽愛吃的辣椒和花蓮小吃，但是還是忍不住對著懷抱的包裹潸然，感動總是輕易的與淚水聯盟，肆無忌憚的敲擊著脆弱的為母情懷。

聖經創世紀這麼寫著：「人要離開父母，與妻子連合，二人成為一體」，這是養兒子最嚴肅的任務，攸關母親責任的轉移，攸關人類之生生不息。

我總是灌輸兒子優生、優秀、精養的觀念，當然也就有一點點霸道的審核著可以承接我任務的女孩，以傳下扶持牽引的接力棒，逐漸淨空今世的掛礙，以歸於極簡，以歸於無。

◀15，1月，2006▶
難得糊塗

　　「聰明難，糊塗難，由聰明而轉入糊塗更難，放一著，退一步，當下心安，非圖後來福報也」。

　　晨起已是日上三竿，慢條斯里的完成早午餐，驅車三義雕刻店。在眾多「吉祥如意」「富貴平安」等尋常木匾裡，竟然擠著一塊板橋先生的「難得糊塗」，真是如獲至寶。

　　甚愛鄭板橋的詩文書畫。這位「康熙秀才，雍正舉人，乾隆進士」的揚州八怪，詩文裡民胞物與的感情，書畫裡自然伸展的意趣，深獲我心。

　　學不到板橋先生的藝術才情，當能學到他的豁達仁厚、謙沖自牧，以順處逆境，寬和待人。

　　因為「難得糊塗」，破例在家裡掛一塊木匾。

唱戲

　　戲，一齣一齣的唱，齣齣聲嘶力竭，肝腸寸斷……

　　在人生的舞臺上，揣摩著各種可能擔綱的角色，一遍一遍認真的準備台詞，認真的妝扮自己，竭盡所能的以最好的狀態粉墨登場，只為了博得落幕時三分鐘的掌聲。

　　台上的角色太多，有限的舞臺容不下眾生操練，是要應觀眾要求派戲？或是別管觀眾就唱自己愛唱的戲？做主子的可要耳聰目明細細聽慢慢看，選錯角色唱錯戲，血本無歸矣！

　　在這齣戲裡，選了一個跑龍套的角色，需要的時候出來轉一轉，雖然只是轉一轉，也是一板一眼的認真，有用的時候不多了，不是嗎？

　　對著鏡子一遍一遍的妝扮，總覺自己不夠美，眉頭總是緊蹙著，眼睛不夠清亮，濃得化不開的眉，壓迫著臉龐益發顯得瘦小。每每在梳妝鏡裡端詳自己的臉，總是想起李清照的「春晚」：「只恐雙溪舴艋舟，載不動許多愁」。

　　戲，又散了，從融入的角色裡回神，留三分清醒讓自己回家，回到自己一手打造的城堡，洗淨鉛華，還回一個真我，明日晨起，還有戲唱，唱什麼像什麼，演什麼是什麼……

《30，1月，2006》
跳舞

透過google神的幫忙，三秒鐘就找到張惠妹唱的「站在高崗上」，準備編一支2月10日那天跳的山地舞……

對於舞蹈，有一點點奇異的天賦，只要入神的聽幾遍音樂，就有舞蹈的圖像在腦海裡盤旋。這樣的天賦直到兒子6歲在YMCA學跆拳才得以發揮，為了不浪費陪等兒子的時間，就地報名有氧韻律、爵士舞蹈，風雨無阻的跳了10年。

在跳舞的十年裡，細長的四肢似乎找到了最好的定位，好像只有安置在舞蹈裡，才是纖長的胳膊腿最佳歸宿，就這樣跳啊跳的，在人生最苦最痛的時候找到了平衡。

當發覺自己對人生毫無還擊能力的時候，就只有從舞蹈裡找隱忍，忍自己的脆弱無力與孤單，先鍛鍊體魄，把自己維持在一個最好的狀態，期待自己有一天能夠苗壯……

一遍一遍聽著鼓點抓節奏，編舞的過程是反反覆覆繁瑣無趣的專注，可貴的是專注，很多難捱的苦因為有所專注而稀釋，在跳舞的日子裡，稀釋了當下無法承擔的重，才得以重新起步，面對後來的挑戰。

靈動

「詩者，志之所之也。在心為志，發言為詩……

情動於中而形於言，言之不足故嗟歎之，嗟歎之不足故永歌之，永歌之不足，不知手之舞之、足之蹈之也。」舞蹈是人類情感自然而然不知不覺的表達，是言辭歌詠之餘情意的最後表述。人，天生是會跳舞的。

在肢體的伸展裡，靈動的神魂飛舞著，釋放了禁閉憂慮的情懷。舉手投足之間盡情完成優美的身段，試試看能否從舞蹈裡驗收視覺美感。在舞台的聲光裡上下游走著，恍惚感覺人生錯了節奏，不若舞蹈的緊湊，許是在哪個環節脫了序慢了半拍，知命之年方舞於庭……

　　為前任校長送行是生平第一次走上舞台執節目主持棒，雖全
程擔綱卻無生手之怯，想是表演天賦淡化了生澀，或是生活歷鍊
簡化了舞台難度。只記得當時抱著替多年老友送行的心情，大有
「西出陽關無故人」的感概。

　　人生似乎也像舞蹈，可以速成也可以細磨；速成在於熱鬧，
細磨則講究深度。短時間成就的舞蹈必須動作簡單易學，簡單易
學的舞步一般人難跳出美感，需以熱鬧補不足。時間充裕，方能
從容要求舞蹈的精緻，以反覆修正肢體情意美感於極至。人生亦
然……

窗景

　　方窗外的景，入夜才美，美在海邊閃爍的燈火。

　　頂樓的視野遼闊，每每倚窗遠眺，極目之處正是水天一色的海面，泊著的幾艘船艦，在波光粼粼的日照下格外醒目，彷彿洋溢著遠洋的期待。當向晚的虹霞渲染港口的時候，總愛倚著陽台欄杆欣賞一輪歇焰的火球落海，彷彿海洋是萬物的最後歸依處，連令人不敢逼視的太陽都能馴服收納。

　　入夜的海景是一首抒情詩，明滅的燈火為它標點斷句，偶爾滑落的流星是驚嘆號，就用你的心眼閱讀燈火星子之間的涵義，可以是遊子思鄉，可以是情話綿綿，更或是老夫老妻的叮嚀。總之，入夜的海景美得像個謎，謎底則在你心眼的意會。

　　移居此處像是逐海而居的宿命，從南部的海邊輾轉卅年定點在中部的海邊，海風一樣鹹鹹的怒吼，不一樣的是人事的滄桑。人在生命的沉重裡逐漸萎縮渺小，脆弱到需要依靠虛浮的修飾壯膽，一擲千金抵銷一錢孤寂，何處兌領人間從缺的親人？

　　在淚眼婆娑處模糊了視線，張望不到前程，舉步維艱的焦慮，在一樁一樁的凡塵俗事裡淡化了，終究還是苟延殘喘，掐著剩餘價值度日⋯⋯

◖06，4月，2006◗
疼惜

　　昨夜父親駕著巴士來，我是車上唯一的乘客……

　　巴士朝北開，父親把我載到台北，並且說他不方便接受我的邀請……醒來百思莫解，何以載我北上？

　　今日方悟，想是他看到了我的困境，特來指引方向，我……該準備離開此地了嗎？離開這個無力施為之處？

　　放空人生，是自由的極至；放空依賴，是自主的極限。父親始終不能明白我不願依賴人乃是害怕失去的脆弱，屢屢擔心我的孤單。今日方知，他的疼惜無有盡時，在我心裡，在我夢裡，在我無助的迷惘裡……

小鎮

　　小鎮的印象高中以前是模糊的，在讀書的日子裡，生活點只圍於學校、家裡、海邊、教堂的框限裡⋯⋯

　　很多快樂的時光在教堂，很多美好的回憶在海邊，逛街不是學生的本分，在那個時代也稍嫌奢侈。肯大街小巷的逛，已是孩子三五歲該帶著見世面了，這個時候才漸漸看清小鎮的面貌，嗅到漁港腥鹹的海味，看著街道一日繁榮一日，而今已發展成獨具一格的黑鮪魚、櫻花蝦的故鄉。

　　回到久違的故居，三寸厚的灰塵迎面撲鼻，先清理一方安身之處，待晨起再慢慢收拾。父親在時也是這樣，回家第一件事就是打掃清潔，擦地洗窗刷廚房，一旁的父親直嘆自己老了，懶得動了。做女兒的倒是慚愧煞，除了打掃清潔也不知何以為報。

　　沒人住的屋子總是易積塵埃，費力的刷洗清除，也花了半天時間。工作中偶一抬眼，瞥見父親手植的桑結滿一樹紅豔豔的桑椹，誘得我丟下拖把顧不得斜日西曬，拿起剪子、凳子、盆子，攀壓著枝條邊採收邊想，鮮嫩的桑葉可以養活多少蠶寶寶啊！

　　女兒小四時有一天哭哭啼啼的回來，說自然老師把他們全班的蠶寶寶丟到垃圾桶，只因有人上課玩蠶寶寶講話。我立刻打電話跟老師理論殘忍處理的教育方式之不當，偉大的老師只因一時氣憤，輕易的以權威毀了蠶命、毀了人之所愛。老師的偏差教導

是最壞的示範，偏差的人格後遺症之危害遠大於偏差的學業成績。

　　採收時鄰居問我要如何處理豐收的桑椹，我隨口答著做酒啊、醬啊……想起兒時母親釀李子酒的情形，我們總是圍在甕邊嗅酒香，巴望著母親幾時啟甕賞一盅解饞，就這樣伴著酒甕長大，多少也分辨得出酒裡的香醇滋味。偶爾一盅小酒，勾起太多對母親的眷念，我那傻傻的痴痴奉獻的母親啊！在天父的國度也釀酒嗎？

隨波逐流

海邊的浪頭一波一波的推擠，彷彿又看到父親養在海水裡隨波沉浮的蝦簍……

蝦簍裡的蝦是父親釣魚用的餌，早晚會葬身魚腹，蝦簍不過是一個暫歇之處，眾蝦們連隨波逐流的空間也是有限的。

人如蝦如簍……也有隨波逐流之輩。

風逐波逐浪，逐流者必善觀風向，風向之所之，則趨之若鶩以趨炎附勢，利在義先，情隨利生。生利處慇勤奉承，謹慎施為，三日一寒暄，五日一問候，惶惶兮唯恐失其利基。

逐流者隨風不隨人，風向即是流向，風向改變，慇勤之對象乃變，唯演技不變耳。

逐流者假哭假傷，真意乃在引人同情之後。偶爾馬失前蹄錯估風向，必會如鷹隼之嗅重尋正確方向，再自動上門自圓其說以遂其利……思其發潑撒野處，旁人觀之不過禮義廉，無者恆無，遺臭貽笑罷了。

近日深悟人心險惡，亦痛心常人不察之愚，三滴眼淚兩聲嘶吼即能積非成是，人人為之說項，天理何在？而人之堅強何罪之有？不過傲骨生存之姿態罷了，今已退居一隅，何逼人之若甚？何逼人之若甚……

傷心晚餐

（13，4月，2006）

在料峭微涼的午後春雨裡，一股寒意自脊椎竄起，我懷疑自己是不是單純到了蠢的地步……

這個時候需要柴可夫斯基的「悲愴」來挽救自己……

說不清心裡的傷，卻偏偏接二連三的出現難以理喻的狀況。我用力工作的方式是不是錯了？真的是多做多錯嗎？我不能勉強從事的傲骨是不是也可解釋做不識相呢？可是明明是一件簡單的小事何以要搞到曲折複雜而傷人呢？我無法在受傷的感覺裡勉強自己，這是不是就是我注定失敗的盲點？如果是，那就失敗吧！

抓一把蕎麥麵下鍋，滾滾的沸水像心裡翻騰的疑惑，雖然決定以「不理」處之，還是不免要花一些時間開釋自己。聖經馬太福音說「為什麼看見你弟兄眼中有刺，卻不想自己眼中有梁木？」我們在天上的父啊！我是不是看不到自己眼中的梁木？

涼涼的蕎麥麵拌著義大利青醬、朝鮮薊醬，再撒一把現切的各式生菜，一盤淡淡的簡單的晚餐，佐以剝皮辣椒、酸黃瓜，可是酸黃瓜的蓋子老是打不開，義大利麵醬的蓋子也打不開，這才真的是我切身的無力的盲點……

活力

在大會旗高舉的剎那，我看到清水高中的格局壯大了，小小的校園終於有了大氣勢，這樣的場面足以振奮人心。

以往做不到的，六十週年校慶做到了。第一個精采處是運動員進場，壯盛活潑的陣仗擄獲了全體師生的熱情，大家在高昂的歡聲裡迷醉了，紛紛呈現頑童般的天真無邪。

九天鼓隊敲醒了校園蟄伏的活力，震天的鼓聲滲入靈魂深處，挖掘蓄積著的能量，雄心壯志就在鼓點裡成形。鼓聲，是啟動的神靈。

多元的價值沒有廣為宣導是遺憾的事，教育如同生活，需具備許多樣貌才能成其大，而胸襟的雕琢尤為難能，從放天的汽球裡、張揚的會旗裡、鼓陣裡、龍飛裡……看得到大的胸襟。

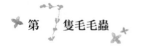

（03，5月，2006）

餘悸

　　所有需要用心用力的事擠在一起發生，一起結束，殺傷力之大，至今思之心猶餘悸……

　　疲憊附著在一天一天又一天的牛仔褲妝扮上，沒有力氣從衣櫃裡挑選什麼裝扮，從起床到出門要磨姑兩個小時，很怕又要開始做什麼事，卻好像還有一些事在繼續著……樓上樓下走好幾遍，不知先要做哪一件？這樣的六神無主，很像身兼二職又逢父兄過世時的狀況，我是太累了，太累了……

　　在佈展的空隙惦記著要考試，拿起書來唸一個命中注定書，翻到哪一頁就讀哪一頁，沒翻到的就是命中注定。筆試完後發覺好像也不必唸什麼書，考的都是行政實務，這樣更慘，找不到標準答案，能過關是走狗運。

　　有一年去天母算紫微斗數，算命師問我有沒有一個屬狗的家人，這是哪門子的爛命，沒有屬狗的家人就不行，真是好笑。可是我還是買了很多狗狗玩偶，並且從此以後每年過年都要去大甲市集挑一隻玉狗掛在包包上，看來是著了算命的道。

　　人在脆弱的時候容易失去信心，神仙怪誕之說乃趁隙而入，適度的依賴也是一種心理治療。人的能力必定有限，智慧不及之處多有，四方神聖是超乎人類智慧的心理依靠，所謂「謀事在人，成事在天」，天就是人類智慧的不及處。

近來諸事齊聚，不相信自己每件事都能做得好，就只好把考試放在一邊，考試年年都能考，六十週年即將如明日黃花，轉瞬即逝。有時候放自己一馬，也是救自己一把，以免彌絃易斷。

07，5月，2006

老樹

　　老樹可以是一家咖啡屋的名字，也可以是它自己，就是一棵老樹，樹上豢養著松鼠。老樹咖啡的老店在台中平等街；養松鼠的老樹在逢甲校園。

　　知道老樹咖啡也是年輕的歲月裡的浪漫，它的咖啡是道地的好喝，屋外的確有一棵老樹。後來轉至中非咖啡，乃因不願讓孩子置身菸霧瀰漫中，如此一別經年，再訪老樹咖啡則是前些日子台中畫畫因緣。

　　為了配合紀宗仁老師出國，卸展後一部分台中的畫作延擱至5/4送還，啟程時徒弟才說他只能服務到十二點，可李惠芳借展的現代畫廊要下午1點才開門，臨時要去哪裡求人？自己來吧！跳上駕駛座載著鳳臨、淑汝上路。公益路楊德文家的樓下居然有老樹的分店，工作不忘享樂的生性，立刻決定犒賞一下自己首次駕駛九人座廂型車的神勇，三人就在非吸菸區落坐，招呼好鳳臨、淑汝，照舊點一杯老老的曼特林，靠在古典的坐椅上遁入自己的世界，過往的歲月歷歷在目……

　　昨日去逢甲上課，行至圖書館前的老樹林下，瞥見一隻松鼠

沿著樹幹爬下，立刻擱下書包拿出相機顧不得上課遲到，躡手躡腳的追著拍照。鼠輩極其狡猾靈活，樹上地下亂竄，不過我確信至少拍到兩隻，由鼠尾巴可辨。能養松鼠的樹應該不只是老，還要有適當的生態環境。老樹林下麻雀如織，遊人或坐或臥，佝傴提攜各自悠遊，這是一個眾生喜至之處，正是永續校園的一種現象。

　　一旁的孩童餵松鼠吃乖乖，我總算搶到一個好鏡頭，10幾張相片滿意的沒幾張，想想不是專業，很容易就原諒自己了。正巧這次梁副館請的老師要講視覺色光〈RGB〉，從色光探討視覺美，連上三週，這次講一些粗淺的理論，之後兩次則從廣告短片、三部電影中探討，講師是奧美廣告的上游，很精采的課。

◖16，5月，2006◗

宿命

　　知病的感覺是遲鈍的，病中細細想來，好像5/11晚上就有病徵了，卻一直以為是天熱沒有理會，強打著精神度日，直到身上起了紅紅的疹塊……

　　身體忠實的警告體力的極至在哪裡，只是近日沉浸在考上的喜悅裡，忽略了當歇當息的規律，加上兒子說要回來慶祝母親節和媽媽考上，更是高興得無以復加。

　　三年前考上某私立研究所，兒女嗤之以鼻，要我考一所他們聽過的學校。加以當時囿於經濟狀況及一些不愉快的因素，索性就不讀了，今日重來，兒女的鼓勵也小有功勞。

　　病中的心是脆弱的，想起這些年的辛酸，想起心酸時一家一家的算命，最後停在天母。有一回命理師一坐下來就說我應該往北走，彼時愚駭未及多問，只想年輕時都不曾有動念，老來更無需妄動，心底深處藏著安定的渴望。只是這些年來的磨難、毀謗、誣害……已超過了我的道德認知的理解，向來以性善處事的固執招架不住了，該是考慮驛動的時候了，原來知困的感覺也是遲鈍的。

　　人，到底是逃不過宿命，該在哪裡最後終究是在那裡，多的沒有，該有的跑不掉……

寶盒

　　前日收到女兒台北捎來的包裹，裡面的清單題名為「母親節寶盒」，檢視盒子裡的東西，激動得一陣一陣的淚往心底淌，淌成一網母女情深……

　　這些都是我平日叨唸的生活上的不便，她都擱在心上，選在母親節這天兌現成一箱禮物寄回來。

　　清單上詳細註明：迷你便當盒可以裝小菜帶到學校中午吃、備長碳放到冷藏庫、生鮮保鮮片放進生鮮中維持水度與鮮度……曾經跟她說菜刀不利了、蓋子打不開、喜歡日本調味料、買不到大腿襪、喜歡吃糖果……寶盒裡都兌現了。撿出開罐用的塑膠片試試，果然順手多了。一包蘋果口味的棉花糖和一袋小米果，是讓我放在學校當零嘴吃的；還有一把磨刀器、一瓶日本美味調味醬……兩雙美美的大腿襪壓在箱底……翻撿著這些瑣瑣碎碎的小東西，感覺自己是個受寵的媽媽。

　　女兒因為要準備司法特考無法回來，往年此時都是她在這天料理一頓創意西餐饗宴一家仨。吃，仍然是實用又溫馨的聯繫，偶爾再陪媽媽喝兩盅小酒，就是天大的滿足了。

　　想想這輩子走一遭，大概就是結這一雙兒女緣，如果把他們從生活中抽出，我也就一無所有了……

26，5月，2006

玉樹臨風

　　為了找一種感覺，捧著心愛的花器尋花藝老師，想重新打點這盆「玉樹臨風」，這是一年前得著的壓在心底的美好的感覺的盆景。

　　之前取畫送畫行經沙鹿斗潭路，看到「靖淇的店」，想哪天來整理這盆「臨風已不見玉樹」的殘敗盆景。每日下班回家，習慣搜索蝸居的美感，目落「玉樹臨風」總覺不足，盆中花草多已凋零，卻極不捨白色長方花器。想當初是以花器美好中選，看今日能不能再重現當年風采？

　　上週日得空往訪靖淇的店，說明來意後趁便寒暄。侃侃而談的尤老師有一股從容不迫的優雅，對美感藝術有些許不悔的執著，成立一個基金會辦理藝術講座。想想自己的不足，當下就決定拜師學藝，總算有餘力能在尋常生活外奢侈的妝點人生，以後每週四就來靖淇的店報到。

　　搬回打點好的盆景，美則美矣，卻不是我要的感覺，也許有一天學成，再一點一滴慢慢的找回……存在心裡的玉樹臨風……美好的感覺。

〔01，6月，2006〕

行

　　行有二義，一曰走，一曰可；走乃走香港也，可乃相託之事皆可也。

　　5/29淑芳說縣長那裡沒有回音，朱經武也沒有回音。徒弟世豪是縣長身邊的秘書之一，就電請他幫忙追蹤，下午縣長室劉小姐來電，敲定6/2下午2:30～3:00可至縣長室採訪縣長。一事可也。

　　5/30問淑芳朱經武如何？淑芳說mail 五十週年的採訪稿請朱經武改，嗚呼！期期以為不可，彼已貴為香港科技大學之校長，必有遠大的抱負與理想，豈可與十年前同日而語？況世事瞬息萬變，日新月異之人豈可能十年如一日？我來試試聯繫，可巧有香港之行。一通國際長途打到香港科技大學校長室，張秘書答應轉達正在開會的朱校長後再回電，直到下班無回音。

　　5/31端午節放假，美容覺9點方醒，醒來掛心此事，想朱校長應有自己收mail的習慣，就把香港行欲前往採訪及下榻飯店mail給朱校長。居然10:00就有一則英文回信說他辦公室會contact me，並致歉不會寫中文信，我高興得立刻回了中文mail，因為我不敢以英文獻醜，就這樣各以所長連繫，有趣。

　　6/1在暨南大學出差，張秘書來電約6/3上午9點在港科大，我立刻拿出皮包裡備好的香港地鐵圖，請教轉乘路線，秘書指點一

番後又更正，說朱校長交代司機9點至銅鑼灣飯店接我。嘻！VIP
待遇也。此又一可也。

　　5/30下班前已備妥三份見面禮，每份含紀念旗、學校簡介、
畫冊各一。諸事皆可，只欠明晨3點一走。

《09，6月，2006》
中央警大的畢業典禮

　　91年清中考上警大的有兩人，一是我兒奕涵，一是楊舒媄。我兒險以63級分備上，舒媄以柔道國手保送，今天都畢業了。

　　畢業前一個月，警大調查參加畢業典禮的家人，發停車證與觀禮證，沒有證件不能進場，因為是總統主持典禮。可是今天阿扁……就由內政部長代行其事，典禮從警大校長向部長報告畢業人數開始，簡單俐落不到1個小時就禮成了：介紹國內外嘉賓、頒畢業證書、頒獎、主席致詞、畢業生致詞、禮成。想是以往總統致詞後別人就不必講了，所以沒有一般的貴賓致詞，誰比總統貴？

　　畢業生不過兩百多人，觀禮的家人則相對的多，黑鴉鴉的擠滿了禮堂，大概是家長不想在元首面前缺席吧。可是今年⋯⋯不免有一些小小的失望，進場的檢查也就不嚴格了，一窩蜂的很沒有禮貌的推擠。進場前舒娛來認老師，順道與兒合影，並為清中見證。

　　兒子知我早起困難，就在林口華夏飯店訂了豪華客房，囑母姊6/8晚上下榻。8日下班後先去花藝老師處綁一束鮮花預備送給兒子，再一路駕車飛馳林口，滂沱大雨毫不客氣的來回相送，即使有八支雨刷也奈何不了卡車飛濺到擋風玻璃上的水花，回程索性歇在中壢服務區，順道喝杯咖啡醒一醒沉重的眼皮，等雨勢小些再上路，不急，早晚會到。

飛舞紅葉公園

　　圖書館班即將結業，最後一次校外教學安排在台南後壁高中捏陶，週五夜宿關子嶺……

　　南台灣的太陽貼身炙眼的曬，已是午後5點了，陽光還是熱情得甩不開，關子嶺上的天然地氣在旅店門外招搖著火燄，助長了空氣中的窒悶。一行人遊興不減的在吳建輝的帶領下走上好漢坡，走向紅葉公園。

　　這次由濁水溪以南的同學作東，策劃了兩天一夜的活動，想著關子嶺的泥漿溫泉，就不辭千里的飛車南下，走在好漢坡上也一馬當先，攀過百嶽的腳力是不怕走的。紅葉公園在好漢坡的

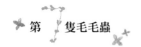

　　盡頭，山風拂面清心，像是達成任務的獎勵，拭乾了一路來的汗水，我忍不住玩性的飛舞著罩衫拍照，在山巔釋放工作中的矜持，感覺這才是真正的我，任性自在而自得其樂。

　　週五的晚餐則遠征山背頂端的大鋤花間，是一個藝術家開的店，設計的路燈美極了，一花一草一景觀都是親力親為。藝術家老闆慢條斯里的出餐，不知能餵飽多少遊客？看來大家都是志不在吃，鄰桌已吵吵嚷嚷的賭起象棋了，我們這桌則不切實際的講著何時再去香港？山下的萬家燈火迫不及待的在眼前閃爍，吸引著遊人閒話時的眼角餘光，此時該淺酌幾盅，搭配鄰桌的吆喝，正可重現「醉翁亭記」裡觥籌交錯，人舞影亂的情景。

　　陶藝課是在半成品的杯子上畫圖，我把大鋤花間燈罩上的貓畫上去，燒出來不知啥德性？隨手又捏了兩個花器花藝課用，也不知得否燒成？

　　行程在白河鎮的蓮子大餐畫下句點，各自帶著採購的特產打道回府，下星期最後一次上課，在依蝶大唐盛世結業宴。

吾行遲遲

七月初的遠行，兩週前就掛在心上，攤在臥室的行李箱，還留著香港的餘溫，這會兒又要打點歐洲行。大家都在等中辦的公函，緊鑼密鼓的交換著訊息，已月底了假還請不出去⋯⋯

行前有太多瑣碎的事要處理，處理家貓兩個星期的旅館住宿，處理圖書館班的謝師禮，處理可能一去不回的後事交代⋯⋯瑣事磨人，怎一個忙字了得。

圖書館專業學分班畢業了，忝為班長，不免要張羅人情俗事，攄著剩餘的班費打點謝師禮。13份禮平均有兩千元可花，以兩天的時間在百貨公司搜尋，大致鎖定皮件飾品，挑自己喜歡的，送不出去還可自己買下來⋯⋯可惜昨個兒都送出去了⋯⋯自己以後再說吧！

中辦二科科長是週六課程的壓軸，也是畢業宴的貴賓，58度白酒純純的酒醋在席間穿梭，我照舊一碟生辣椒佐酒，獨享吃辣喝香的樂趣，白酒的香甜冠群倫，黃酒〈whisky〉、紅酒⋯⋯難望其項背。

在學習與休息的時空裡走完一段行程。學習是為了專業學分，休息是為了走更長遠的路。結束也正是開始，開始走向另一段學程。9月⋯⋯政大碩士班的學程開鑼，一個不可預期的未來在

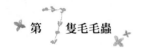

前面等著，讀書、學習是今後的重點，塵囂之紛擾離我漸遠，很高興走出一條自己的路，從此放眼未來，著眼每一個達到目標的可能……

不捨

　　將有遠行，卻有太多不捨，人，總不免感情用事，被一些牽掛羈絆著，絆得將行的腳程舉步維艱……

　　陽台上的草花又要凋零一次，好不容易養好的香草不知能否撐到我回來？家貓在身邊喵嗚的叫著，是不是也聽懂了將要去住十二天的旅館？還有……藏在心底的……深深的……深深的無力……是最不願去想卻又最錐心的痛……將是遠行最沉重的行囊。

　　時間無情的推移，世事一椿一椿的卡在歲月的輪鏈裡，有限的人生不知哪一椿要拔掉？哪一椿要留作永恆？憑直覺？憑感覺？或是憑現況？答案往往是殘忍的現況！就走遠一點，暫把無力放逐在地中海炎熱的夏浪裡，讓艷陽蒸烤剪不斷理還亂的思緒，不知回來後會堅強些嗎？

◖10，8月，2006◗

魚

　　我是水中千年的游魚，水花在緩緩展延的胳膊腿間漫過肩頸，滑向腳踝，在一波一波的展延裡化作漣漪消失。

　　無意間撿到一頓超值午宴，狂喜的沒入水裡假裝悠遊的魚。

　　這頓午宴要用人間煙火兌換，兌換一池偌大無人的游水空間。我是孤癖挑剔的魚，在展延沉浮之際不喜與人爭道，不喜飛濺粗魯的水花，頑童的嬉鬧更是避之唯恐不及。魚，就是要悠然自在的游著，靜靜的沉澱在自家的冥想裡，看能不能湮滅塵囂荒謬煩厭的情境？假裝自己是水中悠遊的魚，一哩一哩一趟一趟的滑過浸身的水，水裡輕盈省力的世界，彷彿瞬間卸下了生存的壓力。那麼就別離開水面，化作水中優遊自在的魚吧！

　　我是水中千年的游魚⋯⋯

w5

因為要去讀書，就要徒兒幫忙找一個notebook，徒兒說華碩有一款W5很適合我的型……

昨日Being spa回來去徒兒店裡提貨，想想今後3年的筆記作業就要靠它了，撫著珍珠白的外殼不禁感慨萬分。在座的徒兒有的都修完博士了，為師的卻才起步，老臉皮厚的說活到老學到老。徒兒囑咐我回家要早點睡，別玩電腦忘了歇，還真知為師的毛病，囑咐自然是沒用的……

notebook的汰舊換新是神速的，W5能撐多久的時尚呢？視訊功能是它目前的優勢，能否撐三年呢？科技的日新月異，倒挺能符合人類喜新厭舊的生性，在日常生活裡，能與之媲美的是服裝的時尚，一年一換，在追求時尚之餘造就了許多設計師。從整體經濟來看，時尚似乎是繁榮的推手，這又給喜新厭舊的人很大的鼓舞。看著衣櫃旁打理出來一袋袋的久不問津的衣物，顯然我對促進繁榮有很大的貢獻。

今日約婉兒去衣蝶消化VIP下午茶券，跟她說這裡沒什麼可買的我也能買成VIP，主要是看上了這裡的一家台灣出品的皮件，可是西班牙回來之後就不喜歡了，嫌他們的皮件太重，不如手上的黃包包輕巧。婉兒說看多了就很難有看上的……看來以後逛街要拉著她，不要以促進繁榮為己任。哦！不！要留著下回去義大利……

《20，8月，2006》

健檢之後

碩士班要健康檢查，前幾天去童醫院檢查的結果出爐了，輕度貧血，其他均正常。

上網查詢以解貧血判定之惑，三項數據均差正常值一點點，再查改善方法，今晨就去傳統市場買了豬肝豬血。

大蒜加鹽白水煮豬肝，熟後待涼切薄片裝盤，放在餐桌上當零嘴吃。

年輕的時候夫家好客，練就了一身做菜的本事，白水豬肝是做拼盤用的。

婆婆是山東青幫范老爺之後，結交三教九流是習性，習性傳家是自然的事，因此家裡三不五時就有客人，做菜待客是媳婦的事，上館子被視作怠慢敷衍，在這個家裡是不容許的。年輕時候恪守三從四德，乖乖的買食譜學做菜，有時候累極了也只能偷偷流淚，被發現會挨排頭的。

北方人過年吃水餃，看似簡單陣仗卻不小，他們不吃外面賣的水餃皮，所以從和麵、揉麵、擀皮、和餡全都自己來，一次至少包三百個，放著冷凍慢慢吃。我最怕過年，因為要早兩天回去大掃除，擦地洗窗也是媳婦的事，家裡只有我一個媳婦，那就是我的事，然後就是擀水餃皮包水餃……

這輩子為人作嫁的學分已修畢，再也不必委曲求全，清清淨淨的過著日子，給別人自由，就是給自己自由，兒女們自求多福吧！老媽媽能力有限……

【28，8月，2006】
迷航

迷航有二義，一曰迷失方向，一曰迷上航海……

迷失方向的是龜山島，迷上航海的是我。

在龜山島的海域裡，我高高的跨坐在船首欄舷邊，大海在腳下澎湃，白花花的浪濤洶湧的朝船尾劃開，甩出一道乘風破浪的軌跡，讓頑皮的海豚追逐著……

我欣喜若狂的指點著海豚喃喃自語，自以為海豚聽得懂我的話語，一廂情願的喋喋不休，像煞療養院離神的病號，此時此刻不正常是正常的，這就是人生，「假作真時真亦假」，在海的遼闊夐遠裡釋放能量，釋放平日裡侷侷限限的小腳圈禁。

龜山島也錯了方向，陸地也會遊走的不是嗎？千年在彼，千年在此，固定的是人類的成見。成見也有轉變的時候，此一時

也，彼一時也。今日看龜山島在東方，明日呢？我將在太平洋的彼岸看日落龜山，人的遊走終究領先陸移，也終究搶先迷失嗎？在翻滾跳躍的鯨豚舞姿裡，我來不及思考……

《02，9月，2006》

葉拓・溪染

　　遊頭城農場記憶深刻的是葉拓衣、溪染足。

　　對葉拓T恤原來是裹足的，想不太可能會穿印著葉子且剪裁通俗的衣服，同行的女兒更是躲在寢室不出來，我則賴著池邊要釣魚⋯⋯

　　到了現場聽完講解，選了兩件M的T恤，攤在桌上找畫筆，猛然想到何必拓，根本就可自己畫，於是狂call擅長漫畫的女兒下來畫一件衣服。女兒把她的M換成S，然後我們就各憑本事玩起顏料來，我心中有樹，就成就了一幅樹林落葉的畫面，女兒則復習著國中時代的漫畫本事，一件曠世美少女圖出現了。

　　畫漫畫是女兒國中時代的解壓法，她把每個月的零用錢兌換成各式各樣的畫圖文具及一冊冊的漫畫，不時一張張細細的琢磨，我的辦公桌玻璃板下至今還壓著兩張當初向她討來的畫。高

中時代我就累了，她在台中住宿，不時丟回來幾本小說要我看，她要和我討論，我就這樣陪她渡過大學聯考的壓力。母女一路走來，至今仍是最佳心靈拍檔。

我一直自詡自己是正常學校教育下投資報酬率最高的人，學過五線譜就會玩樂器，上過美術課就會畫幾筆，上過縫紉課就會做衣服……我應該是可以投資學習的，一點也不會浪費學費，還賺得了許多人生樂趣。這該是我最大的寶藏，能夠輕易學習。

頭城農場外圍的清溪是母女倆的獨樂，在控窯熱烘烘的蒸烤下，我遠遠的慢慢的蹭到溪裡，溪水冰冰涼涼的熄了一身燥熱，穿著剛剛畫好的T恤在水中映照，山林盡在溪裡衣上，心中的樹在沁涼的溪水染映下模糊了視線……把樹留在頭城，留在溪水裡淹沒……連晚上的天燈也一併帶走，我要在明日的航海裡釋放。

【06，9月，2006】
三窟

拜讀書所賜，有機會在台北居，遂與小女謀議賃一屋以為一家仁之北部聚點。

掐指算來，台北、台中、屏東，「狡兔三窟，當可高枕無憂矣！」

居有定所是習性，除了偶一為之的旅遊，總喜歡定在一個舒適的居所。今後每個星期都要去台北兩天，如果沒有一個安定的點，難以想像是否能撐三年。當初敢去報名，也是念在兒女今後都在北部，定居有伴，否則是沒有勇氣隻身北上的。

台北有好幾位小學同學，今後又可常聚了。東港空小，這個已走入歷史的校名，聚集了許多命運共同體，一窟一窟往北移、往外走，在四十年後的今天又在台北重聚，習慣性的不管哪一省人都以四川話寒暄，這是老空軍的習性，標誌著大後方重慶的空軍歷史，而今老成凋謝，也都是過往雲煙了。

想想自己已是有歷史的人，除了生命的沉重之外，卻是乏善可陳，似乎只能從三窟裡寫閱歷，也不過是生於屏東、長於台中、老於台北罷了！焉敢希冀如孟嘗君之「高枕無憂」？但求心力不交瘁於小心小性的煎熬，就是我佛慈悲了。

聚

　　這樣的來去很像候鳥，只是季節短暫了許多。

　　從海邊展轉到山腰，五天一個海裡來山裡去的循環，候飛的準備壓縮了慵懶的閒散，差可安慰的是聚的期待。

　　因為聚而沖淡了客居不定感，反而有些喧賓奪主的反客為主，再回到海邊的家恍如是客。我彷彿客居於此，專等五天後的飛轉。

　　兒女皆已成年，這三年也該是最後一段的一家仁齊聚，然後紛紛各自成家立業，拓展聚點。

　　不捨的是獨守蝸居的貓，五天一別，繞腳黏人得更深了，索性賴在榻邊守我入眠，晨起時台階一階一階的擋，不讓我離開嗎？傻貓！

　　聚也無常散有時，此聚彼散起起落落的唱著人生，有聚有散可聚可散能聚能散之間參透多少？

《05，10月，2006》
罣礙

　　罣礙為愛，愛而有掛，掛而有礙，礙則罣矣！罣者過失也。

　　終究不能推論演譯曰愛則過失也，不過是小小的有礙罷了。愛無法單獨存在，常見干涉、佔有、忌妒、猜疑、誤解……隨愛而生，因此而礙了自由、是非、意志、抉擇……交織成世間男女的恩怨情仇，為花花世界平添上演不完的悲歡離合戲碼。

　　免俗就能立地成佛嗎？佛也是只渡有緣人。人有佛性，佛有人性；或捨己為人，或有求必應。常不知人像佛或佛像人？或許也沒有像不像，不過是眾生相，一個會隨時凋零的外觀罷了。

　　心有掛則不寧則易生礙，然為人者焉能無掛？不求成佛但求平心靜氣，則可少礙少禍矣！

偷得浮生半日閒

　　席不暇暖的讀書日子裡荒蕪的園藝，今日得空整頓，忙裡偷閒的習性踩著連續假日的尾巴重新回到生活裡……

　　這盆歷久不衰的粉蘭在星夜裡一枝獨秀，歷經歐遊的離棄依舊孤芳自賞的璀璨活著，今後就專心養蘭吧！堅韌又美的花科。

　　約著淑婉一塊去田尾，想著親自打點這方白色的花器，婉建議擺在家裡的花以紅色為宜，就選了兩盆紅蘭搭兩盆綠色植物，妝點在電視機旁的矮櫃上，伴著旁邊白色招財貓和香香的白燭，建構一幅白色的圖像，營造一種單純的無。

　　再打點一盆適合放到辦公室的，一株紅蕊黃蘭搭一把長春藤，枯樹枝一橫一豎的架撐陪襯著，自有幾分婉約，幾許清淡，左右架開的黑藤又添了一絲絲古典。

　　花藝課裡老師常叫我解說學姊的作品，我總能極盡想像的說得天花亂墜，也不管別人是啥意思，堅持自己的感覺，老師卻也頻頻點頭。美感敏覺使我很快能找到生活的美與舒適，在對抗逆境時也能發揮平衡的作用，削減受苦的感覺，是生存的優勢。

◖15，10月，2006◗
記得當時年紀小

　　40年了，許多小學畢業後就沒再聯絡的同學一一出現，我敵不過兒時美好記憶的招喚，撐著疲憊駕車來回一趟台北，返抵家門已是今日凌晨。

　　其奧客居西班牙十八年，腦海裡留下的是她讀文藻的倩影，筆挺的白衣格子裙，傲氣十足的在鎮安車站佇立著高佻的身材。她是小學時代的演講高手，常代表學校參加比賽。昨晚國軍文藝中心她是主客，別後重見照樣先玩猜謎遊戲，歲月的滄桑篡改了腦海中烙印的容顏，張冠李戴了好一陣子，最後才在舉座噓唏中聽完其奧敘說她面貌不變的病痛史。

　　這個年紀幾乎可說已網羅了人生各種閱歷，卻少有「身體健康、萬事如意」的，生命似乎無力到連「健康、如意」都承擔不起，好像終其一生都不過是在求一個健康如意。那麼所謂的「理想、抱負」也可籠統歸類於「如意」項下了。

　　原來人生也可以這麼簡單，簡單到只需追求「身體健康、萬事如意」。然而這麼簡單的項目渺小的人類往往終其一生而不可得，人生因此而演繹出各種複雜的追求手段，生命於是變得沉重了。你爭我奪不過是想求個如意，研發改造不外為了找回健康。當你悟出人生的簡單，追求的手段是否就能善良溫和點呢？不過是健康、如意罷了！

互補

　　靖淇的店受邀參展，徒弟們就要出作品，壓根兒不認為自己有資格參加，老師卻說怕什麼有她在。

　　我還有另一項任務，撰寫參展文案。

　　展覽地點是光田醫院，作品材質是能耐久的自然素材，枯木、廢竹、落葉、棄材……將已凋萎的元素賦予新風貌。我想著醫院正是生命搏鬥之處，配合著作品素材的深意，遂為參展正名為「生命藝術」。

　　文案出去了，老師大大的感動，說我補了她的不足，老來是不會寂寞的，可以與她一起玩藝術，文學與花藝的完美組合。顯然我老來是從事美化人間的工作，是「人間美化」的動詞。

　　人與人「互補」的美好也是老來方悟，年輕時總愛找與自己相似的人，好像照鏡子一樣的滿意，但卻永遠也看不到自己的背面。背面是思考的眼不及不見之處，於是就看不到事物的全貌，永遠只是一半。老來方悟另一半應是自己不及不足處，如此才能成就一個圓。當老師大嘆互補時，我亦覺心有戚戚焉，何嘗不是少了老師對藝術創作先知先覺的敏銳？

　　人之相與在於緣，此時此刻遇到的朋友在這個人生階段相伴相扶持，以前沒出現過，以後也未必常伴。只是當緣分隨著時間

姍姍而至時，是可以感動可以相為的。生有限而情誼無盡，人生的美好終究不該被小心小性遮蓋阻擋。

國圖的遠距服務

　　因為要交期中報告，上國家圖書館網站找文獻資料，於是認識了遠距服務……

　　期中作業是研究計畫的緒論和文獻探討。在短時間之內要閱讀大量文獻是困難的，我取巧的選擇了國圖的期刊，期刊有兩個特點：資料新、篇幅短，最多二十頁左右，可在火車上閱讀完畢。

　　要閱讀國圖的期刊內容必須加入遠距服務會員，需要列印或傳遞文獻則計費付款。這個服務節省了往返圖書館的時空，為便利而付費是合理的。

　　觀念的產生不能憑空想像，所謂「思而不學則殆」，總要有一些文獻依據，讀一些書、一些文章是自然的必要。

　　想使自己進步就得接受資訊，接受資訊的方式免不了閱讀，所以與其鼓勵別人閱讀，不如鼓勵別人追求進步，如此就能養成閱讀的習慣。

　　閱讀是身教而非言教。孩子小時除了帶他們逛書店，暇時看書也是示範，各看各的書是家居的常景，所謂「耳濡目染」是也。因此營造讀書的環境是重要的，它是自動自發的激素，教育能教什麼呢？不過是啟發自動自發的自律。難嗎？難就當作是目標，就是現在想辦法在不久的將來達成。

◖11，12月，2006◗
雜事

　　事情多樣就顯雜，事雜則人不得閒，人不閒未必心不閒。

　　前日週六向政大告假一天遊苗栗，心中不免有一絲絲竊喜，喜自己偷了不上課的閒，在戶外遊走一日，忙則忙卻著實心閒，閒閒的賞著這鄰近的小鎮美景。

　　想著多年的南來北往，似乎忽略了小鎮隱藏的蛛絲馬跡之美，這樣小小的美是很寫意的悠遊閒適，一景一物從容不迫的在眼下心上烙印，有足夠的時間反芻心得，和馬不停蹄的登一座山的迫促迥異。或許是有了一點年紀，懂得欣賞慢悠悠的美。

　　家來閉門一天，面對堆積如山的碩士班作業，湯老師的「情緒領導」原文翻譯外加五千字心得，我才苦苦的譯了四頁，所有的翻譯工具都買齊了，進度並沒有更快。眼看同組的翻譯都完成了，要壓迫自己這兩天完工，偏偏花藝老師又找來，要我明天完成一個臨時交代的文案。時間過去了，能完成的期限更短了，再去美容院洗頭美髮，把完成的時間壓縮到不做不行了，就會甘願的很快完工。

主婚人

　　明天向湯老師告假一天，去桃園為外甥女主婚。

　　這是我第二次當主婚人，都是為姊姊的孩子。第一次大約在5年前，國英在大雅結婚，我是距離最近的長輩。今天，我則是家族裡最年長的。兒女輩紛紛成年，老成人逐年凋零，這是人世間不可抗拒的生息，感慨之中參雜幾分唏噓，人是被歲月推移著前進，在漸至衰老的境地裡毫無討價還價的餘地。

　　婚禮在於昭告眾人，在於為愛情舉行一個安置的儀式，從此二人就能把愛情安置在家裡，再同心協力的在外打拚，以之前尋找愛情的精神尋求人生的幸福。所以婚姻是讓愛情得以休息，人不必再恓恓惶惶的尋找愛情了，可以安定的經營生活，在攜手同心裡創造生命的價值。這正是人生階段性的任務，在生命的過渡裡是值得經歷的，只是之後的持續或有無則是人生難以預知的變數，這又是命運流轉的弔詭，但卻不必懷疑相知、相惜、相伴、相守的真確。愛情的永恆是真理，只不過不是人人可得，得之我幸，不得我命，如此罷了！

　　為「立梅」祝福，這個在我高中三年級出生的外甥女，這個我當年親自命名報戶口，親自牽著她小手去國小報到的孩子，這個在我身邊長大卻因「只年長十八歲不能為良母」而無法辦收養

的孩子。今天真的就「像一樹獨『立』的『梅』花」，自立自強的張羅自己的婚禮，果如其名，堅毅的走人生的道路，姊姊在天之靈當可安歇。

鴕鳥

在澳洲看過鴕鳥，笨橐橐的龐大據說跑得卻快……

鴕鳥的笨除了形體的笨還另有一笨，乃是眾所周知的把頭藏在沙堆裡躲人的笨，這樣的笨還挺哲學的，自以為藏就是藏，不以別人的看法為意。不過這樣的哲學笨要存置於善良的環境，否則藏頭露尾必定危及生命，所以鴕鳥的世界裡最好不要有豺狼虎豹，讓鴕鳥能快樂的藏頭露尾哲學笨一番。

爹爹的身後雜事拖到現在還沒辦了，奔波之餘不免想與鴕鳥為友，看繁瑣的事會不會自己就定位，耍賴自己是一個人，拖著拖著也是拖著，最後還是拖著，反正有5年的拖延時間，看哪一天不要鴕鳥笨了再力行之。就是今天鴕鳥出門了，卻把戶籍謄本拖過期了，「小姐怎麼是94年的？」「是啊我94年就開始辦了。」鴕鳥慢跑就錯了，鎩羽回到梧棲戶政所重新申請，笨鴕鳥誤到自己，只好以甘願解嘲。

《30，1月，2007》

滄桑

　　W5到手後與徒兒一別荏苒半載，半載居然平添幾許滄桑。

　　聽他娓娓敘說短短幾個月裡的一場病、一次旅遊、以及一回慘澹的營生，滄桑已毫不留情的刻在臉上。原來歲月是以不同的手段戲弄人們，人們依舊脆弱得束手無策莫可奈何。這兩日與黃主任為學校挨家挨戶的送花賀年，更是一站一個滄桑的容顏相迎。

　　滄桑不辨成功或失敗，一律一視同仁的對待。成功的人滄桑裡有著自信，失敗的人滄桑裡顯得謙卑，而滄桑感則一。

　　你在人生裡選擇了什麼呢？沒有人會選擇失敗，失敗是生存不得已的面對；如同沒有人會放棄成功，只有達不到成功。顯然人生別無選擇，顯然只有被動的面對，面對成功、面對失敗、面對大大小小的狀況，然後以什麼樣的方式處理好像也沒得選擇，處理得當名之曰智慧，智慧則是已成的觀念累積，以觀念為判斷罷了。

　　車輪輾過大街小巷，一盆花換一臉滄桑，滄桑裡有喜悅、有感激、有期望、有讚嘆……冬陽透過車窗熨貼在左邊臉頰，當已刻上二日滄桑，家來立刻敷上面膜驅陽，在束手無策的滄桑裡略施小計，試圖製造歲月假象，不過拖延滄桑罷了。

痕跡

「人生到處知何似？應似飛鴻踏雪泥，泥上偶然留指爪，鴻飛那復計東西！」

這幾日在說服別人說服自己的傷感中渡日，不免想起蘇軾這半首小詩的情境。人總是在意著走過的痕跡，總是堪不破人生的無常，一次一次的傷心讓珍貴的情緣漸薄，儘管心痛得垂淚也不相讓，只為了這一朝湮滅的痕跡。

痕跡若有若無的牽制著取捨，彼是此非在當下的天秤擺盪，孰優孰劣只有「用君之心行君之事」了。

「路曼曼其修遠兮，吾將上下而求索」，這是三閭大夫執著的痕跡，在汨羅的浪潮裡寫丹青，丹青即是史跡。若然，痕跡可為史跡，史跡可以千秋。於是拋頭顱灑熱血前仆後繼的烈士相與爭鋒，為一時存續湮滅的雪泥鴻爪而唏噓傷懷，然而痕跡可為史跡者幾希？嗚呼！吾區區之心但「羨長江之無窮，哀吾生之須臾」耳！「古人秉燭夜遊，良有以也」，不過「人生幾何，去日苦多」罷了。

◖11，8月，2007◗
無常

「逝者如斯而未嘗往也，盈虛者如彼而卒莫消長也。」

面對人生的無常何以釋懷？翻開蘇子赤壁賦尋找依恃：「自其變者而觀之，則天地曾不能以一瞬；自其不變者而觀之，則物與我皆無盡也。」

人生一步一步慢慢的走，每一個當下盡心盡力，力求其角色之周備，如今看來在過往歲月的張羅裡，最完備的是母親的角色。端詳著女兒的碩士照，總算稍止近日無法抑制的淚水⋯⋯

「妳拿到一張好文憑，找工作就比別人容易多了。」指著碩士袍胸前的梅花logo開心的對女兒說「媽媽沒有白費心⋯⋯之後該是巡官弟弟深造了⋯⋯」。人生走到這裡已完全自由，牽腸掛肚的只是「季子平安否？」「努力加餐飯！」電話裡多的反而是兒女殷殷的勸導「媽媽妳要想開，往好的想⋯⋯」

莊周雖言「吾生也有涯，知也無涯，以有涯隨無涯，殆矣！」從老莊的層面看人生，以有限的歲月追尋無窮的知識是危險的。然而人類的知識應有其延續性、累積性，方能成就智慧之大。近日備課山海經「夸父逐日」，發覺知識之正確認知可以毀於一旦。明朝胡應麟視山海經為神話怪誕之書，一改明朝以前地理書之價值。近日呂應鐘教授以之與考古資料對證，不但還原其為地理書之價值，甚且是現存最早的世界地理。

嗚呼！學術之真偽豈可繫於一夫？吾輩焉能自小於學海之外而不察？

◀06，10月，2007▶
風言風語

　　隔週北上的進修因颱風取消了，惶惶然若有所失，彷彿朝聖的儀式受阻一般⋯⋯

　　撿來的空閒決定放自己慵懶到極致，晏晏的起慢條斯里的打點簡單的早午餐。

　　鮮榨檸檬是晨起的第一杯水，煮一壺cafe au lait 盛在美美的白瓷杯裡，烤麵包是因為喜愛這兩瓶果醬，orange;lemon curd，糊塗蛋裏一定要切一塊安佳奶油，賴以度日的茶呢？不急，且等坐觀陽台風飛雨斜時慢煮⋯⋯

　　從向南的陽台看出去，看到了風形風影，秋颱夾帶的北風狠狠的南掃著秋雨，南斜的雨姿就是風的身影，所以風形可觀，寓於雨姿，所以你看到的斜雨其實是風形風影，風在雨裏，雨因風而有姿態⋯⋯如果你是風，就需要雨才能成形，如果你是雨，就需要風來成就姿態，於是風飛雨斜在自然裡生成氣候⋯⋯爐子上的茶水滾了。

　　放一張JAZZ來對抗隆隆價響的十級北風，讓音量與秋颱齊吼，思緒在歌聲裡翻騰：

> *Bird flyin' high*
> *You know how I feel*

Sun in the sky

You know how I feel

Breeze drifting on by

You know how I feel

It's a new dawn

It's a new day

It's a new life

For me and I'm feeling good......

　　這一期的天下雜誌介紹龍應台10/22要推出的新書：親愛的安德烈。收集她與21歲的兒子36封家書，他的兒子有這麼一問：「你是一個經常在鎂光燈下的人。死了以後，你會希望別人怎麼記得你呢？尤其是被下列的人怎麼記得：你的讀者、你的國人、我。」龍應台回答：「怎麼被讀者記得？不在乎。怎麼被國人記得？不在乎。怎麼被你和菲利浦記得？……柴火其實已經滅了，你們帶著走，永不磨滅的，是心中的熱度和光……誰需要記得柴火呢？……可是我知道你們會記得，就如同我記得我逝去的父親……」淚水在這裡決堤了，不論心裡有多遠的宏圖大志，其實只夠小小的惦記著家人，今天想要做這做那，不也只是想告慰家人嗎？或在天之靈或在地之心，總是想著成一個典範，一個與有榮焉的典範……

Dragonfly out in the sun

You know what I mean don't you know

第 隻毛毛蟲

Butterflies all having fun
You know what I mean......

耐力

經過兩週的自我測試，給自己一個通關認證：小可。

為了讓天上眾神持續眷顧，得以健康而強壯的老去，以達成10年後老人事業計劃，我必須開始執行健身計畫。

此執行始於秋颱之前，秋颱後涼風瑟瑟，仍不改初衷把自己扔到人煙稀少的外池，在冰涼沁心的池水裡測試自己的耐力，每次至少游半個小時或500公尺。

這是個設備簡單的泳池，沒有一般豪華的spa設施，吸引我的是它有一座標準室外池，我單單只是游泳，並不想在這樣的地方spa，簡單正好符合我的需求。

泳技並不好卻挑得厲害，池子不標準、池水太熱是不游的，那冬天怎麼辦呢？以往不冬泳就是不想在熱水裡。前些時天候稍涼，冷風襲襲拂面罩頭而來，300公尺後想著去室內泳池試試，不想入池後仍是速速逃離，悠游的魚到了溫水裡感覺像是煮熟的蝦，逃之夭夭也！

冬天怎麼辦呢？我是不是就要甘願做一隻蝦呢？這就是我的自我測試遊戲，到目前為止外池都是ok的，看能在外池待到什麼時候，稍涼的午後或晚上，整座池就我專屬，冬天是不是就不開放外池呢？「沒有人冬天在外面游，冷死了！」我應該也沒這個

能耐，堅持游泳，就要習慣蝦的感覺，這個感覺真不好，讓我再想想看……不過是游泳罷了……不要這麼古古怪怪……

姹紫嫣紅

　　蒜香藤依依的攀纏著九重葛，蕊蕊的粉紫蹭在紅豔豔的身旁，在這初冬微涼的午後織成一壁姹紫嫣紅，賊魅魅的在辦公室窗外招惹著我的靈魂……

　　每每課餘在廊間徘徊休憩，總忍不住覷著花檯裡易開易落的花影沉思，入秋之後，這是蒜香藤第三度盛放，前兩回總是來不及拍照就褪色凋落了，這回還是錯失了最豔麗的花期，勉強捕捉璀璨的尾聲，和著九重葛的喧鬧入鏡。

　　我要怎麼紀錄紫媚媚婀娜的姿態呢？再過兩天就要凋落了，貪戀的折幾椏在瓶裡彎成一晌風情，卻感覺從哪個角度都拍不美，更別說紀錄這一簇垂地亦不改其美的柔軟。明日就是周末了，怎能讓花影就此悶殺？

　　家來又是別種風情，暈黃的燈光改變了色彩，在香燈的氤
氳裡增了幾分柔和的美，這麼依依的不捨又能霸著幾天呢？不過
三五日又將別落⋯⋯人生不也是如此？不免思想起李白的春夜宴
桃李園序：夫天地者萬物之逆旅，光陰者百代之過客；而浮生若
夢，為歡幾何？古人秉燭夜遊，良有以也⋯⋯

泡菜罈

02，2月，2008

四川泡菜要泡在罈子裏才好吃，只不過現在要找罈子不是那麼容易。

起心做泡菜後，得空就驅車至清水街上找泡菜罈，記得十多年前是在橋邊的店裡買的，當時店門口空地上大大小小的罈子俯拾即是，而今空地已鋪上水泥變成停車場了。我慢悠悠的蹭到店裡循壁搜索，老闆已迫不及待的問了好幾聲「買啥」，我愣了好幾秒鐘，泡菜罈的台語要怎麼說？只好訥訥的用國語發音「我要買一個罈子……」「泡菜罈？」是啦！別人也會說國語，並且還知道是泡菜罈，顯然我輩都長得一個樣兒……「老闆好神，居然知道我找泡菜罈」「是嘛！買什麼要講，光看是看不懂的」「是啦！要講才有效」，回頭喊著裡邊的媳婦「從地下室拿幾個泡菜罈上來」「已經賣完了」，應聲走出來一位白淨素雅的小婦人，說是兩星期以後再來看看，順道跟她交換泡菜心得……「泡菜容易生花」「罈延水要加滿，不能讓空氣跑進去」……

在等泡菜罈的這些天，我先用玻璃罐起鹽水。四川泡菜什麼都能泡，幼時吃過泡白蘿蔔、紅蘿蔔、小黃瓜、結頭菜、高麗菜、蘿蔔嬰、白蘿蔔皮、豇豆、芹菜、茄子、苦瓜、青椒、大蒜、蒜苗、芥菜、萵筍、生薑。最神奇的是胡騷騷的紅蘿蔔、辛嗆嗆的蘿蔔嬰、苦兮兮的苦瓜，泡過之後都成了美食，胡騷辛嗆

苦味全給酸吃掉了，就這樣被爹娘哄得吃下好多紅蘿蔔、蘿蔔嬰、苦瓜。

四川泡菜是用冷開水＋鹽＋花椒粒＋八角＋紅辣椒＋大蒜＋白酒自然發酵的，花椒粒一小匙就好，多了會麻嘴，八角一粒就可，鹽兩三匙無妨，泡久了太酸還要再繼續加鹽，初起鹽水要泡一週才會酸，等鹽水老了三天就行。要泡的菜洗過後一定要把水晾乾再泡，不然泡菜水會生花變味，撈泡菜的筷子沾到油也會生花〈白色薄膜〉。現在知道生花不用怕，加白酒就好。

結頭菜與白蘿蔔皮是第一批成品，同事驚訝不能吃的蘿蔔皮居然脆脆的好吃。第二批整罐都泡紅蘿蔔，第三批是蘿蔔皮與蘿蔔嬰。在講究的超市裡是買不到有蘿蔔嬰的白蘿蔔，在傳統市場過秤時也會拔了丟掉，我都搶先申明別拔掉。

兩週過去了，泡菜罈卻黃牛了，說是要元宵後工廠才開工，聽起來是缺乏誠意的，改天再去別處找看看。現在天冷還能泡在玻璃罐裡，熱天裡氣味薰滿屋就不妙了。

近日天寒，用泡過的結頭菜熬豬肋骨湯，在昏天黑地趕作業的三餐失序裡，微酸濃郁的煲湯是最溫暖的依恃。

《17，2月，2008》

陶瓷老街

為了找泡菜罈，趁負笈北上之便一遊鶯歌陶瓷老街。

假日的鶯歌車水馬龍，人煙雜遝，車子遠遠的繞過鶯歌國中停在偏遠的路旁，走在街上稍不留神就會與人駢肩擦撞。暫時放下連日來熬夜文獻探討的緊張，慢悠悠的挨家挨戶的閒逛著，順道打聽泡菜罈哪裡買。陶瓷總是讓人愛不釋手，想著蝸居有限，況且總是找不到喜歡的藍瓷，白色餐具也不必在這裡買，也就逛逛罷了。

輾轉蹓到一家不太一樣的店面，字畫碑帖石硯參雜在器皿之間，主人在長桌前張羅著茶具，「這是你的個人工作室啊？」

「是我的收藏，坐下來喝杯茶吧！要用哪個茶碗？泡一碗特別的茶請妳」，看著面前各色飯碗一樣大的茶碗愣住了，主人就逕自撿了黑釉色的擺在我面前，「這是我收藏的日本天木碗，我喜歡用來泡茶」「大碗喝茶很不錯」「這茶有股甜甜的清香，是我的私房茶」，邊說邊灑一把在碗裡，「開水沖下去3～4秒就能喝了」，我捧著碗嗅著茶香，茶韻甜甜淡淡的在鼻尖唇齒回盪，主人絮絮的說著自己的收藏，原來我今日來得巧，這家平日不營業，週末假日還不一定開的店，只是主人的休閒嗜好，就像店裡掛的一幅字「天道酬勤」，「你年輕的時候拚命工作，五十歲就開始享受人生了」「對啊！我現在只選擇性的接case，這個店是我自己喜歡做的事，不靠它吃飯」，想著現在時興「慢活」，有人慢在前段，有人慢在後段，人生總要有慢的時候……「山翁聽雨」，握著主人遞來的名片起身告辭，「下次泡鳳凰山的鐵觀音給妳喝」。

　　走了好一陣子才找到賣泡菜罈的店家，「右邊的是半瓷電燒480，左邊的是陶土手拉坏1200」，你會買哪一個呢？我很快就決定要純陶土的，好用又能裝飾，美，是選擇的重要條件，在眾多美物前挑選就猶豫了好一段時間，想著耐看不膩，最後抱回一甕深沉的古樸。

角落

《25，2月，2008》

　　為角落下一個定義：空間裡最不起眼的一隅，舉凡俯首掩藏或抬眼小覷，都在眾人的視線之外。

　　我祈唸著得著這樣的位置，竟如願的抽到一個最角落的角落，與當下的心境成正比呼應，感謝天上眾神成全。

　　得著可以搬新辦公室的訊息，就利用寒輔課間空堂火速搬離，從打包上車到歸定位，三個小時搞定，速速把自己抽離一個無力的髒亂空間，就這樣彷若無情的絕袂，心底有一絲絲歉意，捨不得的是長廊外那一壁曾經的妊紫嫣紅，留在心裡的是點點滴滴共處一室的人際溫馨，然後我走了，在一個角落裡安置下來。

　　這是角落裡的角落，瓶裏要不要插一朵花？是我文獻探討之餘最常想的問題。沏一壺張協興的鐵觀音，Mary's的鐵罐裡裝的是茶點餅乾，當半生不熟的英文在Amazon購書打結時餵一塊鼓勵，先小買三本。藍色的玻璃瓶遠遠空著也是好看，像是被深藍淺藍襯托的水滴，一種簡單冷冷的美，還是插一束花吧。校園裡的杜鵑已近尾聲，只剩白色杜鵑殘殘的開著，請修樹的校工幫忙剪兩枝尚能殘喘的插瓶，嗅著杜鵑淡淡的芳香，想著淡淡的三月天還沒到呢……

◖23，3月，2008◗

養顏

　　近日常被辦公室裡的小老師們逼問何以歲月不上我的臉？若以「遺傳」語之必遭圍剿，我得仔細想出一些可依循的道理，這一陣子就邊想邊說一些以杜眾口……

　　「天生麗質」我是不信的，「沒有醜女人只有懶女人」是絕對可信的。所以養顏鐵律第一條：「勤保養」。

◎保養守則一：基礎保養

1. 潔膚：每天洗臉是基礎清潔，每週一次去角質、敷臉是深層清潔。

2. 保濕：女人二十五歲以後皮膚狀況就會變差，保濕是非常重要的步驟，可避免皮膚粗荒打皺。

3. 滋養：三十五歲以後保濕還要加滋養，就要選擇鎖水度高且抗氧化的保養品。

4. 做臉：要捨得花小錢請專業老師保養，她們對臉部按摩比較專業且正確，如果省錢自己亂按，力道手法不對反易生皺紋。

5. 睡眠：要睡得足、不熬夜。

◎保養守則二：彩妝保養

　　現在室外的空氣品質很差，塵土飛沙常常撲面而來，出門時一點點淡妝可以隔離髒空氣，質地好的彩妝還有防曬保溼隔離的

效用。況且適度的淡妝看起來有精神且美麗，也是視覺上小小的
禮貌。

養顏鐵律第二條：「吃得對」

◎保養守則一：多吃富膠原蛋白的食物。

攝取食物的習慣是很重要的，這些時日我一直在回想從小到
大吃過的食物，恰巧很符合近年流行的養顏成分「膠原蛋白」。
爹爹曾說我幼時只要三天沒吃到魚就會抱怨伙食不好，想來長期
吃魚累積的膠原蛋白應是功臣。此外雞肉、豬腳等會結凍的食物
都有豐富的膠原蛋白。

◎保養守則二：少吃油炸的食物。

一般的美容師都會這麼說，一定要相信，要守得住嘴饞，
尤其是日本料理的天婦羅〈這是對我自己說的〉，因為它太好吃
了……

◎保養守則三：多喝水

水的功用無需多言，只要自己喜歡，隨便什麼水都是好的。
只是要控制一下糖分的攝取、腸胃的保養。身體不好也會反映在
臉上。

養顏必須內修外治雙管齊下，持之以恆。以上所言純屬個人
經驗之談，並無學理上的考證，信不信由你。

鄉音未改

　　這幾日打開電視，入眼盡是四川的斷壁殘垣，聽著一句一句的鄉音，不免思想起辭世的爹娘兄姐，忍不住的又落淚了⋯⋯

　　四川話裡有一些特別的用語，稱孩子為「娃娃」，「你有沒有娃娃？」「我的娃娃在學校」，聽著這樣的對話，想起兒時我們的小名。姊姊是出生六個月後跟著爹娘漂洋過海，小名六（ㄌㄨㄟˋ）蓉，老哥叫弟娃，妹妹叫玉娃，單單我很特別的叫小妹，爹說四川人管第二個女兒叫小妹，也就這樣很老了還被叫小妹，殊不知這個稱謂在此地是很卑微的。

　　四川人遭浩劫兩次，512大地震的天災與明末流寇張獻忠的人禍，「天生萬物以養民，人無一德以報天，殺殺殺殺殺殺殺」，這是傳說中張獻忠的七殺碑，四川人彼時被殺得全省幾近真空狀態。因此清初朝廷鼓勵百姓移民四川，爹爹說先祖就是從新疆移往四川的，然後就是多年後飄洋過海落地生根，再也沒有回去過。

　　幼時住在現在正夯的大鵬灣，彼時是空軍幼校與參謀大學的所在地，一干空軍子弟全部入學「東港空軍子弟小學」，校園裡實施講方言罰錢，我們的方言是「四川話」，空軍眷村裡不管哪省人都講四川話，罰歸罰講還是照講。現在除了這些小學同學，

也沒有講四川話的對象了，兒女輩不論是父系的山東話或母系的四川話，一概不會，單單只會國語，罰錢的效應見諸兒女。

　　遷徙是逃難彷彿成讖，人生有難豈是逃得了的？逃，不是辦法。

穿什麼

穿什麼呢？「女人櫃子裡永遠少一件衣服」是果，因為人會轉型。轉型的原因有二：一因風格、一因年齡。風格也是果，因為心境轉變了。然後人之轉型可以如是說：當人在某個年齡，其心境之轉變導致風格改變，轉型乃生，發現櫃子裡的衣服都不對味兒了，此時豈止是少一件衣服。

近日一直想著自己應該怎麼個樣子，一幅一幅的影像在腦海閃過，櫃子裡的衣服有多少適合呢？簡單、俐落、優雅、自在，是自己想要的新樣子，這不再是mango、morgan的風格，吉普賽女郎更是陳年舊事，甚至迷戀了好一陣子的蔡孟夏也要暫時束之高閣，icb. agnis b還可以，一件式洋裝也行，總覺得少了優雅在心的褲裝。買長褲有其難度，mango的質感與樣式不再適合，挨家挨戶試過好幾家專櫃結果都是：「長度可以再放」，我轉身走人不接受修改，衣服修過就不經典了，這是我的小小堅持。

找到了Ralph Lauren，「我們家的長褲妳穿得起來，都不用修」「下折扣的才考慮」，原來優雅是有代價的，品牌也果然有其魅力，型在其中。

穿什麼呢？隨著年齡有不同的需求，隨著場合有不同的考慮，掂掂荷包有幾斤幾兩？最後以價格的極限型塑風格，Ralph Lauren可偶爾為之。

【27，10月，2008】
旅居

何以旅居？因為學業已告一段落，因為女兒已能獨立維生，於是就退掉原先的房子讓她在工作地點附近賃屋，我則旅居於她的工作地點……中研院活動中心，是我假日北上的住處，透過女兒在院內申請，一宿一千一百元，「媽媽妳住在這裡我比較放心，中研院二十四小時保全」，兒女已會著想老媽的安危，竊竊的心喜著。

晨起後在鳥囀蟲鳴裡散步，走過胡適橋，路過胡適紀念館，這個地方在默默的紀念著胡適，不遠處還有胡適社區、胡適公園。胡適紀念館的門牆上寫著「大膽假

設，小心求證」的儁語，哲人其萎，智慧照丹青，悄悄的保留在當年居住過的寓所裡。這裏曾經來過，想著這樣幽深安靜的環境適合書呆子女兒，不想十年後也就真的在這裡謀生了。

旅居後反而沒停歇的北上，一面幫著打點女兒的窩，一面夾雜著自己的活動，時間的縫隙裡塞滿了母女的絮絮叨叨，說不停的際遇，「媽媽！我竟然第一個告訴妳」「是啊老媽媽機伶北上得勤，妳的姻緣就在這一兩年了」……兒女要走到這個地步才能鬆一口氣，在放任的自由底下小小的長年掛心著的是兒女嫁娶有時，小小的有一些些參酌的意見交換著，然後才能放心走自己的路，真的能放心嗎？

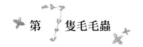

◖02，11月，2008◗
西風的故鄉

「如果你是一朵小花 也該有個故鄉 如果你是一朵小花 也有生長的地方……」西風的故鄉從線上傳送唱來，在晨起慵懶的朦朧裡不期然的潸然落淚，何以有淚？因為小花？因為故鄉？還是小花的故鄉？原來人生一路來的艱辛不過是為了參透小花之於故鄉。

這個時候需要煮一壺咖啡、加兩匙濃濃的奶精、搭配一盒巧克力，才能止住泉湧的淚水。如果流淚是一種治療，那麼需要療癒的是哪一端脆弱呢？人又有多少勇氣面對並承認自己的脆弱呢？面對承認了又如何呢？惶惶然彷彿卜居的屈子「將與雞鶩爭食乎？此孰吉孰凶？何去何從？」在艱辛的人生裡需要多一筆艱辛嗎？為屈子端策拂龜的鄭詹尹釋策謝曰：「……數有所不逮，神有所不通，用君之心，行君之意，龜策誠不能知事。」

「西風呀 有多少心事 你又何必隱藏……」隱藏之於繁瑣的人生，是避免受傷的簡化法，你有多少能量承擔可能排山倒海的毀滅呢？最後總是選擇守住能力可及的安全堡壘，期望能幸運躲過看不見的地雷，實現一點點一路來堅持的小小心願，給天上的父母兄姊一絲絲早逝的安慰，在曾經飄洋過海的蟄居鄉村裡微弱的光芒……

西風呀 你是從哪裡來 總該有個起點

西風呀 你往哪裡去 別把故鄉遺忘

◀15，11月，2008▶
貓之物語

　　怎會養一隻貓呢？一向嫌養小動物麻煩的生性，決不會想著找什麼寵物來添麻煩，可是一路來不但養貓了，甚至還曾經同時養過七隻狗，全是拜兒女所賜，兒女對貓狗的愛心僅止於撿回家，至於撿回家之後怎麼打整是媽媽的事。這隻貓女兒養了兩年，撿著的時候是骨瘦如柴且眇一目的流浪貓，兩年後帶回台中美其名給媽媽作伴，就這樣養了四年。據寵物心理學的說法，貓狗的心理大不相同，狗兒這麼想：「這個人類對我這麼好，一定是我的上帝。」貓兒卻想著：「這個人類對我這麼好，我一定是上帝。」

　　所以貓兒在家總是蟠踞著一張沙發宛若女王，我理所當然的成了貓奴，成天伺候著清掃掉落一地的貓毛。

　　貓喜歡跟人擠蹭著喵喵討食，今日我的午餐是一海碗七星鱸魚湯，「魚不能分你，你有貓罐頭」，它就蹭過來嗅一嗅嘴巴，然後可憐兮兮的走開。「放莎拉布萊曼的歌給你聽」，貓兒聽得懂人話似的又蹭回身邊靜靜的臥著，莎拉布萊曼的美聲在屋樑迴盪，澎湃的背景合聲彷彿能袪除所有驚懼，此時此刻只宜閒閒的看看雜誌什麼也不想。

　　有一件事可以想，天涼了客廳要換季。

　　背後的布幔換成深色，茶几靠牆好鋪地毯，沙發鋪上羊毛墊，營造一個溫暖的冬日。

今晚的夜空

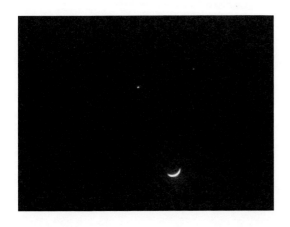

　　今晚的夜空，月牙兒配上兩顆亮晶晶的星子，活脫脫一張笑臉對我笑著呢！

　　你也發現了今晚的夜空嗎？是怎樣的情懷呢？是否也是惶惑惑的不知所從？

　　日前SPSS的資料庫建置告一段落，還有餘暇做些什麼呢？我聽到山林的呼喚，週末晨起便從襲襲風寒的海邊驅車入林走2號步道，一級級圓形枕木架成天梯，腳心踏實的踩在圓稜上，痛痛的刺激著腳底穴道。記得幼時爹爹說，腳心踩竹竿會長高，彼時就真的認真踩著竹竿。今日認真的踩在山道圓木稜上，心下卻是惶惑惑恍若行險，狹僅容人的步道，得側身擦肩與人迎面相讓，素

昧生平的路人和藹的道著早安，減少了幾分獨行的孤單感覺。我不確定我要迎向的是不是一個安全的境地，那牽我走過人生險境的手呢？在月牙兒的笑臉裡觀望嗎？笑笑的看我如何走餘生？

今晚的夜空在陽台閃爍著大大的笑臉，我才從觀音廟安了全家的光明燈回來，惇動著拿起相機拍下，對著那一大一小一閃一滅的星子，很想把它解讀成爹娘捎來的鼓勵，在這一個惶惑的人生際遇裡給的及時的鼓舞。

漁港閒居

07，12月，2008

　　閒居何所為？想著美化陽台，在特力屋看到可以組合的木板，就搬回來把陽台改成木板地。

　　舖木地板的前置作業是要把閒置的花器移開，於是又多搬了兩架六呎組合架，想著不過拴緊螺絲，難不倒二兩力氣。果然一個轉角架順利架好上貨，可是第二個架子螺絲起子就不聽使喚了，怎麼也栓不好。捏捏左手，好痠；捏捏右手，好痠；二兩力氣用盡了，晨起再說囉！

　　風歇的清晨可以佈置陽台早餐，這在梧棲是少有的平靜，冬日裏的北風總是發狂的吼著，兇狠狠的夾帶飛沙黃土撲擊人家的窗明几淨，不時的要跪地為奴一吋一吋擦拭被黃沙蹂躪的地板。難得一日不為屋奴，難得風和日麗，可以去梧棲港魚市走走，順道去五金行換一個螺絲起子，看層架能不能栓得起來。

　　遊人如潮湧向梧棲觀光漁港，大門口熟食攤販林立，燒酒
螺、魷魚絲，不可抗拒的吸引力，非吃不可。左前方是室內餐
館，挨家挨戶的小炒當街攔客，熱情的店家姊挽著我的胳膊讓進
店裡，「等一下我先拍照，魚好漂亮」，拂去她的手逕自戀著櫥
窗裡的魚。這裡的魚是論盤賣的，我看著海石斑、海鱸魚不轉
睛，此時已午後，店家自己殺價，轉了三四家之後，我帶走一箱
價值三千元的魚貨，夠我一月用糧。

　　先分解兩尾黑鮪魚，魚肉片下來烤薄片，魚骨頭收拾起來
煮湯。現煮一尾石斑，切三片老薑，魚湯滾熟後加一點海鹽，就
是一鍋美味鮮魚湯。只有鮮魚才能這麼原味的料理，鮮魚的肉質
甜，無須過重的調味料。其餘的分門別類藏在冷凍庫，冰箱塞得
滿滿的，物阜民豐是也。

　　第二個層架終於完工，閒置的花器什物總算有歸宿了，陽台
美化工程告一段落，待他日暇時再思更新，此刻且沏一壺茶，在
星月交輝的夜空下安頓歇息。

《28，2月，2009》

西灣行

2/20那天下班檢查手機，記錄了一通陌生的未接來電，好奇的回call，原來是瑞兒的助理打來，說是可不可以2/27南下一趟，幫洪老師主持的計畫看一下高中國文的分析案，被交通事故悶翻的當下，毫不考慮的一口答應了，我需要出門走走。

週三收到分析案的電子檔，狐疑的聯絡瑞兒：「是不是還有更詳細的？」「這是目前僅有的資料，妳當天一定要給一點意見」。高中國文版本怎麼能夠只以「聽說讀寫」的能力指標分析呢？聽說讀寫只是教學方式，充其量只能歸納在「認知、情意、技能」三項的「技能」之下。高中生語文能力的提升，是要加強認知、情意的深度，深度有了，語文能力自然就好。種子老師分析得很辛苦，很多精采的課文不知要歸到聽說讀寫的哪一項指標，這是框架的錯誤，這是源頭的錯誤，高中這一區塊顯然被忽視了。我的看法得到與會老師的同感，最後決議，原計畫提供的能力指標保留修改後列為「技能指標」，再新增「認知、情意」兩項能力指標，瑞兒要大家認養分工，再交給我彙整。

會中還與他們分享了教學大綱的應用，教學大綱妥善的運用在教學上可以達成三個目的：一為減輕老師教學負擔，二為培養學生主動學習，三為推動無紙化環保概念。這是我轉任專任後的教學實驗心得。配套措施是搭配班級教學小組，在教學大綱裡列

舉教師教學重點與班級教學小組活動項目。每班分成七個小組，開學第一堂課就選定小組活動單元，小組活動還可以結合學生學習護照，留下活動內容儲備申請大學的備審資料。

應用教學大綱的概念來自本校交換學生的啟發，「台灣好奇怪喔！上課都是老師一直站著講，我們國家是學生講老師坐著聽」。因此我想：「教書一定要站著嗎？況且不是站一年兩年，而是十幾二十年，每個老師腿上的靜脈瘤都屈張著，學生坐在課堂上打瞌睡，一疊一疊的講義最後都丟到垃圾桶。我們是在從事一個勞累而不環保的教學，日復一日，週而復始的循環著。我一定要發明一個省力的方法，於是就當前政策活用教學大綱，教學大綱不適用於高中嗎？我不這麼認為。

實驗的結果，自然組的學生收集資料的快狠準遠遠超過社會組，學生有時收集到的資料出乎意料的好。把那些原本由老師給的講義內容，讓學生自己去收集後在課堂報告，養成學生主動學習的習慣，要視高中階段為大學的先備教育，從教學活動中養成學生主動學習，敢於表達的求知態度。當學生報告時，老師就可坐著休息，並適時給予修正補充。當然，小組活動要列入日常考查成績，在分數掛帥的當下，學生也許聽不進什麼教學理念，卻非常懂打分數的效用。

中山大學依山傍海，與溪湖高中一行人搭著瑞兒夫婿林教授的車子蜿蜒下山，林教授與溪湖校長是兄弟，2002年就認識溪湖校長了，與瑞兒一別30年才於去年相認，人生際遇弄人，聚散皆有天意。晚餐在美式風格十足的「冒煙的喬」用餐，橘色的牆壁搭古典的木製傢俱，配上搖滾樂，感覺是年輕人的店，林教授卻

說他們在這裡吃了十幾年，我心下想著，應是他們對美國求學生涯的懷念吧。他們真是一個典範，在高職教書12年後，林教授考得公費留學，瑞兒就辭去教職帶著孩子與夫婿一同出國讀書，開啟了全家共同成長的里程，這是學術路上的典範，也是孩子養成教育的典範。如果條件許可，為什麼不？

◀14，3月，2009▶
改變

　　第1112期的商業周刊內容精采極了，封面故事、焦點人物、特別企劃、變革領導人，一篇篇洋洋灑灑的報導評論，彷若豐沛的雨量，灌溉滋長著每一吋纖細敏感的思維細胞，強力的植入「世界在改變」的訊息，誰能抵擋這股趨勢不跟著轉彎呢？

　　封面故事以「世界向左走」的標題，剖析美國總統歐巴馬2009/02/14發表的國情咨文，這個「左」就是「社會主義、計劃經濟、政府主導資源分配」，與以往「市場自由、政府越小越美」的資本主義大異其趣。美國新聞週刊評其為「大政府回來了！」如歐巴馬說：「我絕不接受那種認為我們的問題完全會自行解決的觀點……現在正是需要大膽、明智的採取行動之時。」因此他的經濟計畫設定目標為「大力創造就業機會，重新開始貸款，投資於能源、醫療和教育等能促使我國經濟增長的事業……」

　　歐巴馬在演說中反覆提到「責任」（responsibility），「過去十幾年來，我們往往更看短期收益，而不是長期繁榮；我們的眼光僅侷限於下一筆款項、下一個季度或下一屆選舉……規章條例形同虛設，只為迅速牟利，不惜以市場的健康為代價。有些人明知自己沒有能力，卻可借助竭力推銷不良貸款的銀行和貸款機構買房。而於此同時，重大的辯論和艱難的決策卻被一再拖延……」美國現象正是世界現象，世界現象普及每一個角落。改

絃易轍之法即是「承擔責任」：「在危機之際，我們不能以怒治國，也不能屈服於當前情勢，我們的職責是解決問題。我們的職責是以『責任感』治理國家……」。「責任」是每個人當下必須認真對待的省思，肩膀上不可旁貸的責任是什麼？

焦點人物報導的是擔任台灣記憶體公司（TMC）籌備小組召集人：宣明智。「笑咪咪的狠角色」這個標題下得很吸引人，這是融合了高EQ與高手腕的封號，顯然是令人稱羨的。人是造作不來的，所謂「誠於中，形於外」，沒有誰能單單靠「能力」感動人，必須要有一些誠懇的成分，誠懇不單單是真感情，還需要耐心、智慧來修飾，這就是高EQ。商周歸納出宣明智雀屏中選的三個人格特質：「人脈廣且深、手腕悍且夠沉穩、有整併經驗」。經濟部長尹啟銘則說：「他經歷豐富，而且人脈廣，最重要的是不會隨便得罪人。」單單是不會隨便得罪人就難修，這是EQ＋IQ的學分，之於過於天真的人來說，就只有謹言慎行一途了。

特別企劃裡楊基寬、戴勝益的辛辣解答「上班族升官卡位戰9問」，是職場教戰守策，方家指導，必讀。

變革領導人談的個案是美國最大零售業沃爾瑪，以企業社會責任（CSR，Corporate Social Responsibility）探討沃爾瑪的形象再造，所謂企業社會責任即是「企業承諾持續遵守道德規範，為經濟發展做出貢獻，並且改善員工及其家庭、當地整體社區、社會的生活品質」。大部分的企業選擇的是做環保、公益。

暇時喜歡看商周、天下，並且長期訂閱。在這裡可以看到學校之外現實社會的趨勢，往往也是教育的趨勢，常這麼想著，老

師應該是走在時代尖端的，才能教育出未來在等待的人才。何謂
時代尖端？乃是當下的社會、經濟、政治、資訊科技等之走向，
亦即學校這個小圈圈之外現實世界的新方向、新觀念。

自 然 自 在

　　年前打造的花園已自成
生態，這是近日閑居最驚喜
的發現。

　　網葉上匍伏著的蝸牛伸
長著觸角過草橋，我及時留
住這稀罕的鏡頭，想著前不
久在盆栽裡掘到一尾蚯蚓時
還驚慌著不習慣，等看到蝸
牛時才恍悟，我的花園已自
成生態了。最神奇的是組合
盆栽裡長出的一叢綠葉，以
為是慣常的野草要拔掉，摘
一葉在鼻間嗅嗅，竟是海
芙蓉的氣味，這在底層花架
上的海芙蓉，竟然翻飛到陽
台上繁殖，是風還是蜂將它
偷渡？只記得海芙蓉細長的
花穗在盆栽裡招搖許久漸自
凋萎，不想已默默的擴充了

生存空間，我欣喜這樣的自然自在，決定任它繼續在組合盆栽裡
居留，看看會發展成何等景觀。

年節擺在門庭的金桔樹移到陽台有一段時間了，此時也長出
大大的新葉，還開著白花呢！有些葉面蜷曲著，像是覆育著別種
生物，顯然物類已自在的在花園裡覓了安生之處。盼了許久的沙
漠玫瑰終於長了花苞，只要一日一日的耐心等著，仔細呵護著，
就有綻放的時候，我一日三回的張望守候，端詳著日漸繁盛的花
影，開心著這座園子即將嫵媚。

蘭花也開了，在花架上兀自向陽美著，等開了三蕊，就戀戀
的把它移到花籃裡綴飾著餐桌，再移植一叢液唇蘭相伴，就這樣
圈住這一季最優雅的璀璨。

庖廚

　　斬刈殺伐的樂章在披星戴月的夜間嘎然中止，此刻是一小段休止符，允許在繼續展演之前喘息片刻。

　　晨起，敞開北面樓上樓下兩扇大窗，與南面的薰風對流呼吸著，襲襲然驅趕了一半酷夏溽暑，閒閒安適的心情很可以捲袖打整蝸居，從哪裡開始呢？就從最密切又最易藏污納垢的庖廚動手吧。琉理台、吊廚、碗櫃，是調理收納重地，想趁此暇時重新佈局，檯面上要乾淨，檯面下要整潔，輕的擱在上面吊廚，重的移到下層流理台櫥櫃，最重的碗盤就單獨一座碗櫃安置。

　　原本堵在碗櫃前的逃生設備移到最接近陽台的門邊，以便每一扇櫃門都能打開，每一個空間都充分利用。抽屜裡縐一團的塑

膠袋整齊摺好打個結，收在紅撲撲的小紙袋裡，美美的掛在壁上隨手取用，騰出來的空間就安置保鮮盒，原本收保鮮盒的櫃子就改藏從吊廚移下來的電子鍋，電子鍋的原位就擺輕輕的乾貨，乾貨是從四處零散的角落集合收拾過來。在移位轉換之間順手清理撲殺不時出現的小小蟑螂螞蟻，一寸一吋擦著地板，庖廚傢私不一會兒就各適其位整齊潔淨矣。

　　古人曰「君子遠庖廚」，非為躲避料理廚務不做家事，乃是慈悲之心不忍聽禽獸在廚房被宰殺時的哀號聲，在於突顯君子惻隱之仁心。今之廚務已無宰殺哀號之實，所以君子也就不必遠庖廚。

　　老子曰「治大國若烹小鮮」，煎小魚是經不起頻頻翻身的，煎熬到一個火侯，一次翻身搞定。庖廚者，庖人之室也；庖者，廚也。

蝴蝶樹

　　年前的金桔樹仍稀稀落落的綴著金桔，在一春一夏之後，它又有了另一個名字，名曰「蝴蝶樹」。

　　蝴蝶樹上悄悄的孕育著生命，春天產的卵已化成蝶的前身，一隻一隻的毛毛蟲踞在葉間及枝椏上，我紀錄著軟軟停滯的身軀，這一致的花色代表同源於黑鳳蝶，數一數有六隻，每一隻以不同的姿態存在著，紛紛囓食金桔的葉子成長，還需多久才能蛻變成蝶呢？飛舞著一樣的彩衣嗎？仍眷戀這株生生之樹嗎？若然，彩蝶成雙成群就是花園最美的景致；若非，金桔就是花園最寂寞的蝶窩，送往迎來的為蝶忙碌卻留不住什麼相守。

　　人生的相守也像彩蝶，有成雙的，有成群的，成雙成群皆是「物以類聚，芳以群分」，各適其性。

有一首蝴蝶歌這麼唱：「親愛的，你慢慢飛⋯⋯」

〈黑鳳蝶相片取自網路〉

毛毛蟲的第二天

　　觀察毛毛蟲變成了一椿心事。

　　晨起下樓的第一件事就是探看蝴蝶樹上的居民—六隻毛毛蟲的狀況。不過一天的光景，毛毛蟲就褪了一層斑紋外皮，換穿綠色新衣，一寸一寸的在蝴蝶樹上匍伏著蠶食葉子，還好只有六隻，否則金桔從此就被殲滅了，看來物類也會預留自己的生存空間，懂得永續營生的道理。倒是憐惜桔子樹的雙重負擔，一面長養自身的桔子，一面覆育黑鳳蝶。看著一片一片被蠶食的禿葉，不免反省著自己真不是個好園丁，沒有為金桔除蟲，以致於模糊了花園的焦點，我到底是要吃桔子還是要養蝴蝶？可不可以少吃一點桔子來養幾隻蝴蝶？這不是自然生態的植物鏈嗎？我只是隨順自然罷了。但不知覆育的蝴蝶會一隻一隻的飛走，還是繼續再在蝴蝶樹上孕育下一代？這是有待觀察的。

27，7月，2009

化蝶

　　蝴蝶樹上的毛毛蟲只剩下兩隻，其餘四隻在我夢寐時化蝶飛走了，果然物類成熟自有週期，我若有所失的尋著什麼，那葉面上閃閃銀黑的痕跡，是它們留給我的訊息嗎？我紀錄著一葉一葉的閃亮，留下堪為證據的曾經，安撫著潸潸然欲淚的傷感。

　　蝴蝶樹在成就著蝴蝶，任毛毛蟲日夜蠶食，吃禿了片片翠綠的樹葉，卻還顧念著自己原始的任務，綴結一粒粒青綠的果實，同時滿足了貪吃的人類與生生不息的黑鳳蝶，才化蝶了四隻，又誕生了一尾斑紋幼蟲，並且蜷曲葉面繼續覆育著，蝴蝶樹前仆後繼的長養物類，秋來春去忘了自己似的忙碌著。

蝴蝶樹的意境正詮釋了莊子齊物論裡的「莊周夢蝶」：「昔者莊周夢為蝴蝶，栩栩然蝴蝶也，自喻適志與！不知周也。俄然覺，則蘧蘧然周也。不知周之夢為蝴蝶與，蝴蝶之夢為周與？周與蝴蝶，則必有分矣，此之謂物化。」當莊子夢見自己是蝴蝶的時候，高興得不得了，忘了自己是莊周而生動的飛舞著，醒來後發覺自己還是躺在床上的莊周。到底是莊周夢見自己是蝴蝶還是蝴蝶夢見自己是莊周？莊周與蝴蝶必定是有分別的，可是在夢裡卻不知周和蝴蝶有分別，這就是物化，二物合而為一。

　　如果人生有夢，如果在夢裡忘記小我的喜怒哀樂愛惡欲，就會像莊周一樣物化為一隻蝴蝶，快樂而生動的飛舞著。我於焉頓悟，收拾起潸潸然傷感的情懷，期待自己忘記小我，物化為一隻生動飛舞的彩蝶，一隻有夢的彩蝶。

【04，8月，2009】
第七隻毛毛蟲

　　觀察到第七隻毛毛蟲，才發覺毛毛蟲化蝶的方式不盡相同。

　　有的一夕奮身化蝶，遺下掙扎蛻變的痕跡；有的掛身樹上數日，恍若入定老僧，逐漸羽化成蝶。第七隻毛毛蟲，則是照正常程序，化蝶前先作繭自縛，第三天破繭而飛，遺下懸空的繭殼伴著蝴蝶樹。這樣的化蝶傷感少些，一步一步慢慢的告別，慢慢的心理準備著，見著空殼時也覺理所當然。第七隻毛毛蟲貼心的成熟著，不讓園丁承載太多離愁。

　　同時又發覺第八隻第九隻蟲繭，以細細的絲線把自己縛在樹枝上是怎麼辦到的？顯然作繭自縛是物類的智慧，自縛著自己等待熟成蛻化的智慧，任風雨吹打不斷堅韌的懸縛著。只是那化身飛走的蝶啊，不論以什麼方式化蝶，都等不到一隻回來探看餵養的蝴蝶樹，也許牠們習慣夜行，習慣在我夢寐時來去，習慣只讓我窺看毛毛蟲而看不到蝶。

滿樹花開

蝴蝶樹在九隻毛毛蟲化蝶後盛開，雪白的桔花滿樹綴著，貪婪的伸著脖子嗅著桔子香味的花瓣，想著這樣的香花可以做成花茶或香精，就可以留香於身心。

花葉從吃禿了的葉柄旁側生，蕊蕊的綴著花苞，忙不迭在第二日爭相綻放的丰采，一點也不見長養過九隻毛毛蟲的疲態。群花落後結成果實，小小的綠果自花蒂衍生，生成燦爛的金黃。在這棵樹上看得到不同成熟度的三個時期：小綠、中綠、金黃。

蝴蝶樹井然有序的鋪排著自己的生涯，養毛毛蟲化蝶，並不礙自我衍生，一樹

一樹盛花結實，纍纍的記錄著自己的原始本分，本分之外的桔香誘著黑鳳蝶來產卵育子，提供自己自然界的價值。嗚呼！「天何言哉！四時行焉，百物生焉。天何言哉！」

政大

口試

　　三位口試官各據一方，得闖三個試場才能過關，過關能否斬將，還真要靠一些些運氣。

　　從捷運中山國中站上車，抵達終點動物園站，再轉市內公車到政大。台北連綿的雨下得人心惶惶，躲躲閃閃的踩著清晨水窪窪的校園步道，不定的行腳像煞忐忑的憂心，深有前途未卜之患。井塘樓今後有緣嗎？

　　第一位口試官問最近讀什麼書，問永續校園、無障礙校園，及學校願景形成的重點。第二位口試官問學校公關、學校行銷。第三位問行政經歷、生涯規劃、學校困境。

　　在一絲絲緊張的氛圍裡儘量面帶笑容答題，感覺湯師有一點點嚴肅，卻很有興趣的翻著我帶去的畫冊，偶爾在我答得不溜的時候說聲「沒關係」，像是一顆定心丸。張師親切多了，不但說贊成我的看法，還祝我金榜題名。井師有一點點看不懂，大概上不上榜的玄機就在這裡了。

　　走出井塘樓，戰備狀態解除了，疲憊竟然潮湧而上，雨後初晴的窒悶壓得眼皮異常沉重，上了公車才發覺身上還戴著口試的名牌。鄰座的小孩傻楞楞的望著我，不知在他眼裡看到的是什麼

形象？這樣的看人是孩子的專利，成人的世界已不允許這樣的純真，成人的純真有時候等同於蠢，反而是可悲的現象。

又做完了一件事，這件事做得好不好？已沒有勇氣多想。

◀10，5月，2006▶
上榜

顯然四方神明垂聽了我的祈禱，讓我的名字出現在榜單上，我考上了！

上了政大教育學院學校行政碩士在職專班。

查榜的心七上八下，滑鼠在掌下踟躕，要快拉還是慢滑？反覆好幾遍舉棋不定，一點小小的緊張讓簡單的事變拙了，最後還是擔心錯過而慢慢滑到第22頁才看到學校行政的榜單。

考上的心是雀躍、寬厚的，以往種種錐心的痛，此時此刻都因考上而稀釋了，不由得要感謝一番，感謝指引我方向又給我極大自由的人……

害怕拘束與禁錮，惶惶然逃離一個擺佈，在極寬闊的空間營生，維護著千金不換的自由。心底的角落裡偶爾有一絲絲歉意竄起，感覺慣有的任性好像傷害了什麼，卻又一再以受傷的驕傲牴觸，暫把歉意埋在心底吧，有一天景況分明了，也就無所謂相欠了。

上榜無疑是生涯的轉捩，並昭告一個明確的方向，我當謹慎將事，用心學習，捏塑一個新我。

【26，9月，2006】
人催歲月老

　　政大口試時拜見湯校長後恍眼五個月過去了，日昨碩士班課堂上再見，驚覺容貌神氣大異昔時，何以如此？

　　湯校長一變口試時的嚴肅，詼諧幽默的侃侃介紹著自己，我邊key筆記邊聽著他節奏緊湊幾至迫促的生活步調，恍然大悟他是把五年的時間壓縮在五個月的時空裡，歲月的滄桑毫不饒人的在臉上刻畫著蒼老。

　　人說歲月催人老，在湯校長卻是人催歲月老，這讓我想到了8號當舖……

　　8號當舖裡典當的是人的功名利祿，但必須以人的靈魂或壽命做抵押。於是你的心、你的靈、你的美好的柔情都進了當舖，然後換取傲世的功名利祿。當不當？211的徒兒們大聲說當！總是要付出代價的。

　　人生的抉擇在於價值認知，往往是駟馬難追的不能回頭，當出去的靈魂或壽命是再難贖回的，時空的變遷已找不到適當的位子安置幾十年前的純真，除非放棄眼前，否則也只有硬著頭皮無怨無悔的往前走了。

方窗

　　方窗可以成景，可以成囿；成景的窗是美感，成囿的窗是
期盼。

　　井塘樓的教室有兩面相鄰的方窗，大大的映現著校園裏的樹
林花草，在白色的窗櫺裡匯聚成一幅隨著風雨陰晴抽換情境的天
然壁畫。我總是站在窗旁定睛欣賞著樹影婆娑，想像著自己身處
塵囂之外。僅僅是片刻的離神，就足夠解放壓縮的勞頓，此時此
刻窗是形神的鼻息，恣意的呼吸著大自然的芬多精，誘得低眉垂
首的情緒慵懶的甦醒了。

　　每週定時的北移像一方成囿的窗，圈限耗損著身心，支撐著
的無非是對未來一點點的期盼，一點點的對不能預知的好奇。隆

隆的車窗望出去總是夜幕，明滅的燈火彷彿傳遞著難以掌握的不定感。大部分的車上時間用來補眠，曾幾何時也要用零碎的時間攏絡睡神？身心竟輕易的就倦怠了。

　　窗在有形與無形之間成就了人生，人們也總是在窗裡尋得安全，在窗外覓得希望。我不禁期待著兩面大大的方窗，一窗海景，一窗山景。啊！我的心是貪婪的，要把世間美景盡藏眼底心下。

台北第三高女

　　這是學行碩參訪的第二所學校，路牌上的校名是日據時代的名字，聳立在2007煙雨三月的台北街頭，伴著壓眉的樹梢低調的昭告著百年的歷史……

　　中山女中歷經兩次易名，由台北第三高女改成北二女再改成現在的校名，寫下一百零九年的歷史。因著學行碩「學校公共關係」這門課，我們有幸參訪碩二學姐蕭穗珍主任服務的學校，學習她學校公關的本事，她是每天在學校待十二小時卻在辦公室坐不到一小時的學務主任，我們一致佩服她鞠躬盡瘁的精神。

　　3/18料峭微雨的春寒籠罩著台北，從國道3號轉建國南北路高架橋直下長安東路，進入校門的剎那有些恍神，這一高一低的門柱似曾相識，卻少了擎天的氣勢，穿梭在老榕樹下駐車，心思彷彿還繞在清水風塵裡。

此行功課有二，一為「學校公共關係」寫參訪報告，一為湯老師的「學校建築與校園規劃」收集報告資料，要拍六所與學校建築有關的校園照片作期末報告，主題自訂，定什麼主題呢？蓊鬱的樹林就寫「校園綠建築」吧！可古典的長廊好夢幻呢！

赭紅色的窗櫺引誘著日光返照在暈紅的瓷磚地面，深深的長廊盡頭是時光隧道，羅織著一百零九年的夢幻。學姊不疾不徐的聲音沒入百年悠揚的驕傲裡，誰誰誰曾在這個校園揚名立萬，卻不知她現在正在為百年後寫歷史，認真努力的人是令人疼惜尊重的。

投影片一張張的打在布幕上，愈看愈汗顏，慚愧自己工作的精神不及人十一，不下苦功怎能成事呢？每每總是輕易的饒過自己，在慵懶裡打賴，貪戀一壺咖啡一盅小酒……我真要這麼苦嗎？

水岸遊學

這是學行所參訪的第三所學校，新店市的水岸學校之一……屈尺。

03/31學校公共關係研究這門課第二次校外參訪，目的地新店屈尺國小，一所發展「創意遊學」的學校。郭校長是創意遊學的創始人，從漁光國小轉戰屈尺國小再繼續逐夢，籌組「台灣創意遊學協會」推展「特色學校」經營策略。「屈尺水岸遊學」已被教育部預定為「在地遊學，發現台灣」的遊學路線範例。

從高中的角度來看，可取法的是「創意」、「特色」的發掘與執行。創意起源於築夢，特色來自於地區，執行乃在於有一個逐夢的團隊。我照

例在參訪的群眾裡維繫一點小小的孤癖，拿著相機自顧自的找我要的畫面……校園綠建築……

聽到草叢裡的蛙鳴了，遠遠的屈尺校狗也招搖的入鏡了，再靠近一點，脖子上掛著的名牌叫「遊學」，另外還有一隻花狗叫「水岸」，連狗都跟著做行銷，不成功也難。

生態是綠建築的條件之一，古典的石橋下一畦水塘，這是生物老師的舞台，還有蕨類植物在一旁等著青睞。眼前好玩的樹屋招惹了記憶深處的童心，年邁的形象拘著行動告誡自己別天真了，拍拍照就好，然後假裝冷漠的繞行到下一個生態景點。

這一漥水生植物襯著山色，是一灣可與外界呼應的角落，沿著木橋伸展到教學行政區，我又忍不住要拍走廊了……

這是心底小小的夢境，彷彿前世今生在廊底交會，一層層的景深是一次一次的輪迴，輪迴著生生世世的永恆情懷……

我可愛的同學們，今生的相遇莫非也是前世的緣深？且將你們納入我人生的藏鏡。

九份

　　那一天我們在九份，在山環海抱的氤氳裡我小小的迷失了方向……

　　4/28晨起打扮著要去政大上課，正得意著沒遲到，教室裡卻不見一個人影，才猛然想起今天要參訪九份的欽賢國中。趕緊追到建國高架橋轉國道1號北上，糊塗的時候路也長腳移位了，怎麼岔到往桃園的方向呢？折騰到了九份又被低油量所苦，別逞強走冤枉路，打電話找救兵吧！饒過自己的感覺真好，偶爾依賴別人好像也不錯。阿寶叫我在原地等他來帶路，車停在九份派出所對面的小店前，閒閒的點了一杯奇異果汁打發等待的空檔。

　　川流不息的車陣把週末的山路修飾得熱鬧非凡，人潮在假日
自動從都市移位，認真執行著周休二日的活動。九份是一處遊人
如織的觀光點，美景一路鋪陳，隨時誘惑著人想停車下來拍照，
只是山景太大容不進小小的鏡頭拍不出美感，後來回程我還是停
下來了，落隊的戲碼重新上演，一點都不需同情我迷路，我咎由
自取，貪享一時的喜悅與滿足。

　　在九份練習淘金，最後一人一袋赤銅礦權充金砂留著紀念，
算是不虛此行。黃礦石是這裡的寶，黑呼呼的是試金石，閃閃爍
爍的各色礦石在櫥窗裡爭美，我並不想把妳們帶回去，免得延遲
了我填滿衣櫥的進度。

　　「驚濤裂岸捲起千堆雪」，蘇軾赤壁懷古的詞境在海邊兌
現了，我拿起相機捕捉浪潮，我要裂岸的視覺，我要驚濤駭浪的
驚心動魄，還有千堆雪……怎麼現在才講海洋立國呢？太顢頇
了……

02,6月,2007

西湖

這個小小的山城因西湖渡假村而名聞遐邇。

晨起梳洗罷，依照班長E來的地圖車行3號國道，油門定速110馳騁在清晨霏霏的細雨裡，約摸30分鐘後蜿蜒轉行1號省道，山景在車窗外逐漸鮮明，看來離目的地不遠了。

看到西湖鄉公所的指標，想想該下車問路了，直覺判斷這是山城最繁華之處，錯過了就無處停車暫借問了。果然就是從這裡左轉直上，沿路豪華的公墓多於簡樸的住家，在微陽歇雨的白日裡招引行人的注目，我快速的掃瞄而過，慶幸現在天色尚早。停在市集前再度確認方向，迴旋一個陡坡後終於到達今天的目的地－西湖國中。一桌豐盛的茶點搶入眼下，會議室裡一個年輕的背影穿梭張羅著，極力推薦西湖的地方特產－冰薯，可以連皮吃的烤熟冰蕃薯。

年輕的臉龐匯聚著穩練的智慧，謙和的邀我們去校長室喝杯茶，原來是年少有成的謝校長。年輕的壓力不覺又提醒著我該快馬加鞭了，我的機會比別人少太多了。

教務主任簡報學校特色，校長簡報辦學理念。

學校特色的產生乃在於與地方資源結合而規劃設計的一系列教學活動，以80%的學生能夠參與而共同形塑。

謝校長以「好玩」看待工作的態度深獲我心，平日何嘗不是

如此面對紛雜的事務，總抱著「好玩」的心愉悅從事，總要找到
「好玩」的理由勉力為之。人生的確有很多好玩的事……

　　如獲至寶般的捧著謝校長贈送的九十五年優質學校、卓越校
長專輯，心中的喜悅彷彿這是自己不久的將來，我也真能做夢。

　　此行最美的回味是銅鑼福欣園的客家菜，何時可再？

建成國中參訪紀實

　　建成國中位於台北大都會交通輻輳區，有通往全台最繁忙、最便利的鐵路、公路系統，也有貫通大台北的捷運系統與公車路線。本校座落在台北市「後火車站」商圈，在邁入二十一世紀的第一個春天，揮別了三十三年前由台北菸場改建的「華陰校區」，邁向由市府舊址古蹟再利用和新建高科技熔成一體的「長安校區」。

　　上網瀏覽今天要參訪的建成國中學校簡介，對這所曾經面臨廢校而今卻是標竿參訪的學校甚為好奇，很想知道他們是如何從谷底起飛的？

　　參訪時間訂在下午一點半建成校門口集合，後來才知大家都小小的迷了路，以致延遲了集合時間。我更是遲得離譜，乃因我大大的走岔了路，一發不可收拾的上不了建國南北路高架橋，我不該回興隆路的家，知道自己有找不到路的迷糊就該及早出門，每次都是這樣……

　　傳說中這是一所經費充足的學校，家長特別有錢嗎？教育局特別青睞嗎？也是，也不是。大同學區的家長多半經商，經濟寬裕是真的，可是教育局的經費支援卻是該校的績效引來的。建成是資訊種籽學校，這顆種籽是實先至而名後歸，乃是以成效博得美名，這樣自動自發學習精進的組織是令人欽佩值得效法的。

　　該校校長出國，由教務主任代為簡報，教、訓、總一字排開接待。豐盛的水果茶點洋溢著熱誠，每人桌前一只陶瓷茶杯透露出精緻講究的氣派，標示著參訪者姓名稱謂的名牌立在座位前散發著溫馨的氛圍。我們不過停留三個小時並且還遲到，真是有愧這樣VIP的待遇，事後老師著實的教訓了我們一頓……

　　教務主任一字一句認真讀著校長出國前做好的簡報，單槍投影一張一張播放著該校的優質卓越紀錄，他們是落實在做家長的即時通訊與社區聯繫，與科技廠商合作即時簡訊，免費提供老師用以聯繫家長。除此之外，老師們也願意製作網路教學檔案，這也是台北市資訊教育落實的誠意，北市教育局以一個二十六分鐘教學檔案賞九千六百元的價碼獎勵老師參與製作。本校圖書館也辦理過線上點選教學實況影音檔案製作的研習，參加的人寥寥無幾，只有一二位實習老師實際製作過，何以乏人問津？問題出在哪裡呢？缺乏學習熱誠？不實用？資訊情境營造的關鍵點在哪

裡？知識管理的推動機制在哪裡？我在圖書館與教學資源中心的界定裡徘徊踟躕，時間無聲無息的過了兩年。

　　建成今天原本只計劃接待我們，臨時又塞進來一團嘉義市正副市長率領的教育單位參訪團，三點半就要到校。看他們氣定神閑的接待陣仗，感覺得出這是一個訓練有素極有默契的團隊，其中訓導主任是我們的同學，他從南部、中部逐漸轉戰到台北，前後待過七所學校，豐富的資歷在言談中每每流露傲人的自信，的確也是令人欽佩的行政老將。

　　三位主任去接待遠客，由訓育組長領著我們參觀校園，公共藝術、屋頂花園、鐘樓、音樂廳……不褪色的紅磚模糊了新舊校舍的界線，古蹟看起來並無破舊感，古典與現代簡直渾然天成，原來新舊校舍是可以這樣天衣無縫的融合。隨手拍了幾張校景留作紀念，我喜歡聳立的鐘樓依偎著湛藍的天空……

　　本校由「華陰校區」的破敗簡陋，翻轉而為矗立「長安校區」的壯麗典雅，宛如「浴火鳳凰」。回首來時路，在苦澀的回憶裡，夾著欣慰與驕傲。今後如何有效運用歷史古蹟、文化教育及藝術資源，結合社區的民俗文化活動，延續歷史傳承，塑造具獨特風格及人性尊嚴的「學習社區」，是建成人應該持續思考、省察的課題。

《06，8月，2008》
政大畢旅之一

因著論文沉沉壓心，因著大家的空閒時間有限，這次班上就不規畫出國，選了一個南部的制高點——阿里山做三天兩夜政大學行碩畢旅之遊。

8/2一早揹著簡單的行囊到國道3號清水服務區候車，比約定時間早半個小時到達，心裏藏著一點點等待與期待的秘密，在服務區大廳裡選了一個角落的位置，看看書看看路人甲乙丙。不久淑雲也到了，等待的氣氛不覺增添了幾分熱鬧。

這些年總是在工作與親人所在的地方打轉，小小的台灣似乎還相當陌生，去別的縣市多半因為出差，即使早年帶著學生畢旅，也是千篇一律的定點重複，嘉義卻總是途經不曾停留，倒是老楊方塊酥吃過好幾回。這次要下榻北回歸線，早早的就上網搜尋一個個即將路過的景點。

松田崗創意生活農場是第一個景點，蒙古烤肉午餐滿足了老饕的味蕾，酸白菜湯頭齒頰留香。午餐一點半結束後去廣場看秀，看人妖們個個花枝招展的舞著，想起多年前帶著兒女去台北看紅頂藝人。人妖像極了女人，紅頂藝人細看還是男人。看紅頂藝人的感覺好一點，只是男扮女裝好玩，看人妖就有一點無法理解的錯亂，感覺艱辛的人生又多了一個無解的難題，好煩哦！喧囂的音響與炙熱令人坐立不安，起來走走站站聊天，話題離不開

論文。

　　南部太熱，適合冬天來，松田崗大片的露營車、樹屋、組合屋，在灼熱艷陽下怎能入住呢？耐斯王子飯店總算驅逐了熱浪，五星級的餐飲住宿、比鄰的百貨公司，還有健身房、三溫暖以及我慣常去的BEING Spa據點，這該是嘉義市最豪華的飯店吧？

　　晚餐前與同學們在健身房踩腳踏車跑步機，不一會兒被淑雲叫下去逛百貨公司，這裡的價位的確比較低，幾個女人想著買包包送給她們的指導老師，拖著我拿主意，可這裡的精品店太少，看不到中意的，就隨意逛逛買買。晚餐後，去BEING Spa享受第一個旅夜，在芳療師的經絡紓壓裡沉沉睡去，無憂無慮的等待黎明。

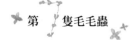
【06，8月，2008】
政大畢旅之二

　　8/3今日前往達娜伊谷自然生態公園，這是鄒族在賀伯颱風後復育的生態園區，以保育達娜伊谷溪的鯝魚聞名。

　　遊覽車在蜿蜒的山路盤旋轉折，一路朝阿里山山美村達娜伊谷駛去，沿途山巒連綿，高聳的檳榔與叢生的香蕉是南國的風情，傍著香蕉園成長是記憶中鮮明的印象。這趟旅程彷彿在挖掘塵封的歷史，一景一幕的挑起深藏的記憶，南部，離出生的地方近了，親切感油然而生。

　　達娜伊谷沁涼的溪水令人神醉，我顧不得一把年紀一閃一跳的下到溪底赤足戲水，當碩政問我「溪水冰冷嗎？」我忘情的扯開嗓門兒高唱「滄浪之水濁兮，可以濯我足」，其實溪水是清

澈的，應該唱「滄浪之水清兮，可以濯我纓」，回程仍戀戀的哼著，山的迷人就是在於有山有水。

午餐後離開娜伊谷前往奮起湖，奮起湖車站引我進入時光隧道，我兀自走在鐵軌上重溫舊夢。鐵軌是我成長史中的重要角色，大鵬灣營區孕育我廿載人生，一彎鐵軌橫過我家門前，這彎大鵬站支線是基地的糧線，每隔一段時間就有一列火車拖著糧食補給經過家門前，一群孩子就在鐵軌上放五寸長的鐵釘，火車輾過就壓成扁扁的萬能鑰匙，卻重來沒試過萬不萬能。

奮起湖啊！你掀開了歷史扉頁，卑微的成長史抽絲剝繭的浮出腦海，我翻箱倒篋的搜尋老照片，重新復習艱苦的歲月。成長並不是這麼美好，美好的是樂觀的生性，是屢敗屢戰屢戰不死的毅力，我信仰著什麼？真心誠意堅定不移的執著。

告別奮起湖的老街，告別微醺的梢楠樹林，告別作古的火車夢，今晚下榻阿里山賓館。

《08，8月，2008》
政大畢旅之三

　　阿里山賓館是舊日顯要下榻之處，房門口鐫刻著昔日入住的日本總督等達官顯要之大名。時移境遷，吾等平民百姓已能入住矣。

　　入住時已是傍晚，大夥兒倚著庭院欄杆期待山中落日。時光剎時倒退到大學一年級，我甩著齊肩的短髮加入興大登山社的溪阿縱走，揹著三天兩夜的裝備從溪頭走到阿里山，第一天住在溪頭，第二天凌晨兩點半啟程步行到阿里山，走到時已是霞光萬丈的傍晚。彼時佇足阿里山森林鐵道上觀賞七彩翻騰的雲海，「心曠神怡，寵辱皆忘」的感覺油然而生，方悟高山曠野能大人胸襟，小心小性的糾纏頓然釋懷。數十年之後再至，「逝者如斯而未嘗往也」，日依舊西落，而七彩雲霓已然色褪，彷彿流金歲月之無情傷逝，人生的色彩漸趨黯淡。我苦苦的捕捉一抹殘霞，一定要等到心裡久存的橙彩，那一抹繁華褪盡後堅持不變的色彩，彷若人生最後的溫暖。

　　今日的晚餐是喧囂盡興的，三瓶小米酒熱絡了同窗情誼，此起彼落的呼喝滿足了醉翁們的雅興。些許小酒是短暫的釋放，放拘謹矜持於觥籌交錯，放塵世憂懼於呼盧喝雉。餐後同學意猶未盡，想著下山尋更便宜的小米酒帶回家，卻遍尋不著我們心儀的好酒，只好敗興而返，期待明日的祝山日出。

8/4清晨三點五十分出發看日出，祝山人煙雜遝，擴音器喧擾著拂曉的觀景台，這不是我的期待，這樣的情境離美感太遠，我坐立難安的想逃走，不免懷想起多年前攀登玉山主峰看日出的情景。我們各自揹著三天的糧食飲水及睡袋從塔塔加上山，清晨兩點從排雲山莊出發攀登主峰，旭日是從地平線跳出來的，瞬間光芒萬丈。今日看日出唯一小小的樂趣是重溫了昔日搭火車搶位子的推擠，初、高中六年通勤生涯，從大鵬坐火車到潮州讀書，火車一來，排好的隊形立刻解散，彼時各憑本事上車，禮讓的就吊車門。阿里山火車站的狀況也是這樣，於是就故技重施一番的坐在位子上，暫時忘記自己幾歲了。

　　從沼平車站下車後，才真正享受到阿里山的森林浴，一行人盤旋逶迤地繞到姊妹潭，緩緩拾級而下，晨嵐、清風、參天古木，橫臥路旁的檜木醞釀著撲鼻香氣，我貪婪的湊上去深嗅，這一方香氣濃郁的啞木頭啊，這樣兀自不言不語的香了幾個世紀呢？

　　早餐後揮別阿里山，來自凡塵歸於凡塵，三天，在顛簸迂迴的山路上成歷史，在依依未盡的情誼裡譜一個將來，盤桓踟躕的是輸不起的殘生，彷彿呵護著掌中的瑰寶，再也經不起一次摔跌。驪聲在喧嚷的中台灣百貨公司唱起，我履行著同窗未盡的情誼，陪她們選一個包包，為這趟旅行畫一個十足人間世的句點。

『10，8月，2008』
畢旅後記

　　旅行回家後第一件事就是補眠，我再度發揮睡神功力，從下午五點睡到翌日早上八點；第二件事是翻箱倒篋的找老照片，今天得空翻拍。

　　找老照片的動機有二：一是阿里山鐵道思想起，二是8/3晚上意外的接到一通電話，乃是大學畢業後再也沒直接聯絡的好友給找到了！嗚呼噫嘻！世界雖大實小，小到身邊的人竟都能牽連上一些關係。睡醒後邊張羅早餐邊翻舊照片，才發覺有好些珍貴的照片留在東港家裡。

　　相片依序為鎮安車站、最後的老家、爹爹在大鵬灣撐竹筏、我（前右）與洪瑞（後右）原來我去過嘉義，大四那年與班上同

學在嘉義蘭潭露營時留影，為了找洪瑞翻出了記憶，泛黃的照片記錄著曾經，曾經的相聚卻難為永恆，多年後散落在記憶裡的不過零星一二。翻著老照片唏噓著想不起一些人的名字，原來記憶的容量有限，久了不復想就自動刪除記憶，或許也是當初交情淺吧。

這趟畢旅竟像在復習人生，人生顯然已至一個臨界點，過去與未來重複交疊的臨界點，每一個未來都會牽出一個過去，似曾相識。簡單的說就是一個「老」字，何謂老？人生處處有回憶。回憶的價值是什麼？就是經驗，經驗的價值是什麼？就是可以為判斷的直覺。以此推知，老人的價值在於用經驗直覺判斷事情。這算是邏輯推理嗎？不！只不過是老人畢旅有感罷了，博君莞爾！

附記買包包心得如下：

8/4莎唷啦啦之後陪同學看包包，把一二樓精品店的包包都逛過一遍，計有：A.Ba.Bu.Ce.Co.D.F.G.Lv.Lw.P.T等十二種名牌女包。買包以價位考量，能買的只有Bu.Co.F三家，再以樣式決定，

最後Bu勝出，勝出的最後因素是看包的四人都喜歡。買包最好搭配個人風格，Bu簡單俐落，Ce活潑俏麗，Co小家碧玉，D溫柔嬌媚，F古典婉約，G時髦帥氣，P詭異野艷，A.Ba.Lv.Lw.T等五牌我看不出特別感覺，那就是大眾味兒隨便配都行囉！

❰14，6月，2009❱

政大畢業典禮

　　畢業了，三年負笈今朝有成，在雷電交加的夏雨狂想曲中完成了畢業典禮，雷鳴代替爆竹，閃電是煙花，夏雨是山中洗禮。

　　2009年6月13日下午兩點，政大碩博士班在後山藝文中心舉行畢業典禮。

　　我們在井塘樓穿戴艷藍色的畢業禮服，結伴迤邐上山，上山正是最後一趟校園巡禮，這依山而建的校園原來是陌生的，平日只在山下穿梭來去，並不曾走逛全校，印象所及的只有井塘樓、社資中心、懇賢樓、圖書館、行政大樓水岸咖啡、政大書城等地，還有巍峨的商學院，商學院的碩博士畢業生是典禮中陣容最龐大的。我們一邊驚嘆著別個院所的人數，一邊辨識著不同顏色院服，紫色、灰色、褐色……單單是頒證、撥穗就五十分鐘，可見院所之眾多。印象最深刻的是頒證之後的校友會致歡迎詞，傑出優秀的王建宣司法院長侃侃的迎接著甫成校友的我們，感覺真好，政大校友，今後就是政大校友了。

　　第一次唱校歌竟是離別，陳果夫的詞、李抱枕的曲「政治是管理眾人之事，我們就是管理眾人之事的人；管理眾人要身正，要意誠，要有服務的精神，要有豐富的智能……」多磅礴的自我期許啊！

　　水岸咖啡是我們最後話別之處，依依之間感覺三年竟是轉

瞬，轉瞬間卻也千變萬化，每個人都有不似當初的面貌，山中洗
禮各參各的禪，之於我，且暫借用歐陽修「明道致用」的招牌，
下山行道。

登山

那一年，我們在玉山

民生報　　　　　　　　　中華民國八十

玉山主峰線 重新開放

管處呼籲山友 進入山區前以熱水淋浴 減少病毒入境可能性

記者 施豐坤／頭導

●玉山國家公園因口蹄疫封閉的山區昨天重新開放，台中縣野外育樂協會所屬九名清水高中教師上午六點進入玉山主峰登山線，成為第一批進同玉山懷抱的山友，但主管處卻在未開放的南橫三角崙與山友搶關，除處以一萬五千元罰款外，一年內將不再核准其入山申請。

因口蹄疫封閉三個多月的玉山國家公園山區，昨天重新開放，玉管處保育課提醒山友

安全，前天特地派員入山，檢查登山步道沿線設施，並趕在昨天清晨五點下山，以迎接第一批山友，進行防疫檢查。保育課課長簡隆陸表示，截至昨天為止，玉管處已核准十三個團隊入山申請，他呼籲即將成行的山友，不要再進出口蹄疫區，並在入山前一晚以熱水淋浴，以減少將口蹄疫病毒帶入山區的可能性。

簡隆陸表示，雖然玉山主峰登山線已重新開放，但為確保

野生動物免口蹄疫威脅，玉管處出動國家公園警察隊、保育巡查員、解說員及處內職員，加強各登山路線巡邏，如發現山友擅闖未開放登山路線，或偽造申請入山路線，將施予重罰。

簡隆陸再次強調，玉管處將視開放後路線登山友活動情形及野生動物所受衝擊的情形，來檢討其他登山路線開放時機，因此希望山友務必勿衝，入山山友也都能確實遵守相關規定。

　　學校曾經有個怡青社，是已退休許主任教官在任時組織的，專門辦理登山活動，其中有少數幾個專登三千公尺以上百岳的，我是其中之一。因為這次上阿里山勾起了回憶，閒來翻找登山的相片，回想著當初上山的情景。

　　我們當時上山的新聞還見報了呢！民國86年7月10日口蹄疫肆虐封山開放的第一天，我們是第一批進入玉山國家公園的登山隊。登百岳是當時許主教帶領的教官室團隊震撼教育，此行於86/07/09下午由學校出發，原定九個成員，傅教官臨時退出，其餘除了一個嚮導，有一半是教官同仁，排雲山莊的相片由左至右

依序是：湯教官、me、陳護理老師、鄭教官妻素美、鄭教官、許
主教、李老師、嚮導。我們第一天露宿塔塔加，隔天清晨六點入
山，剛上山時狀況還不錯，大家還能美美的坐在路邊拍照，走到
一半就不行了，趕快卸下沉沉的裝備休息，其中最重的是水，三
天喝的水，大家東倒西歪的小歇片刻，再繼續朝排雲山莊前進。
排雲山莊的高度會引發高山症，可能頭痛、嘔吐、耳鳴、呼吸不
順。我們在四個月前經過行前訓練，利用春假攀五座三千公尺的
百岳，能通過考驗才敢登玉山，在排雲山莊歇息到夜間兩點，配
帶著夜行裝備攻頂等日出。玉山的日出是這樣的，你看到夜神與
日神交接的剎那，感覺身形在陰陽接替時藐小了，恍如宇宙一芥
浮塵微粒，誰能在日夜交接陰陽聚散的百岳上稱大呢？人類要膜
拜的是蒼天宇宙不可測的浩瀚深邃。我倚著海拔3952公尺的三角
點與眾人合影，一邊唏噓著意識形態毀了于右任元老的銅像，這
個柱子上的人頭給拔了，人到了玉山頂也能這麼憤恨，那就很難
超脫心靈煉獄了。後來這座殘破的柱子就以巨石取代，也算融入
了周邊自然景色，只是山頂草木不生的冷峻，永遠也無法尋獲一
株可灌溉的絳珠草，巨石兀自寂寞千古。山路歧曲狹隘，攻頂完

成後危顫顫的靠著山壁留
影，登山也是有驚懼的，
可能踩滑、可能失手、可
能有不測的風雨，它不單
挑戰你的體力，更在考驗
你的膽量和毅力。

　　恍如仙界的白木林、
虯轉盤曲的圓柏、亭亭如
蓋的台灣鐵杉是玉山的主
要林相，沿途讚嘆著大自
然的鬼斧神工，領悟著自
然的美，不人為造作的天
成。人法道、道法天、天
法自然，「天何言哉？四
時行焉，百物生焉，天何
言哉！」，順性而成，成
一個獨一無二的本體，非
人為捏塑的仿製品。

　　十年彈指即逝，在歲
月的催老裡參悟了一些道
理，一些可依恃的小小生
存之道。

【21，8月，2008】
合歡五岳，玉山行前訓練

　　民國86年3月29日~4月1日，我帶著兒女一塊兒參加許主任率領的合歡山五岳登山隊，此五岳都在海拔三千公尺以上，分別為3416、3422、3145、3421、3237公尺的合歡山主峰、合歡北峰、合歡西峰、合歡東峰、石門山，是七月份登玉山的熱身運動。參與成員以排列整齊的西峰照片由前右起：許主教、卓某、曾老師、李老師、他人、小女，後右起：李老師、傅教官、傅教官之

夫、小兒、鄭教官、嚮導，還有東峰照片裡最左邊的康教官，計13人。

3/29從學校出發夜宿合歡山莊，五座山計畫兩天攻頂完成，3/30攻北峰、西峰，一行人在箭竹叢中穿梭，不時飄來的霧氣遮住了視線，於是前呼後應此起彼落，深怕在白霧障蔽中被山鬼捉去。北峰輕易征服，卻被西峰陡峭崎嶇的山路修理得慘兮兮，許主任立刻決定收兵，在夜幕中分批回到合歡山莊。

3/31趕集似的完成其餘三座，體力已消耗殆盡，想著七月登東亞最高峰，也就苦苦的捱下去。此行測試出小女有高山症，往後的登山她就沒有再參與，倒是小兒後來又單獨與許主教、李老師登南湖大山，我稍後又攀登了雪山，然後就在單車摔傷骨折後劃下休止符，百岳挑戰從此夢殘。

教育

no child left behind

　　近日想著把兩年前寫的「CIPP評鑑模式應用於高中學校課程評鑑指標之建構」好好修改一番，以備他日應用。於是上Amazon找書，其中一本Allan A. Glatthorn & Jerry M. Jailall的「The Principal as Curriculum Leader：Shaping What is Taught and Tested」-third edition，植入了「no child left behind，NCLB」法案的架構。

　　「no child left behind」在這裡有人翻譯成「不讓任何一個孩子掉隊」「不讓任何一個孩子落後」，甚或簡化為「有教無類」，「有教無類」其實未盡其意，當今的義務教育就是有教無類了，人人都有機會受教育，問題是要跟得上，「帶好每一個學生」比較傳神，終究不若「掉隊、落後」一目瞭然。

　　這是美國2002年聯邦教育立法的「中小學教育改革方案」，簡稱NCLB，在教育整體執行面上著重「弱勢救濟」，舉凡族群弱勢、階級弱勢、性別弱勢、身心弱勢、地理弱勢等，皆可能造成學習障礙而落於人後。這個方案如何落實在課程領導上呢？

　　上述第三版的課程領導理論架構於NCLB之下，把中小學原先的核心課程：語文、數學、自然科學、社會研究等擴大及於：外語、公民、政治、經濟、藝術、歷史、地理，以之融入教學與評量，訂定學生成績「應達成年度進展」（Adequate Yearly

Progress），其結果必須公開報告。著重於發展職業教育的新辦
法、發展統合課程、發展組織課程管理技術、建構優質課程。在
於強調培養適用於21世紀的一般技能、強調統整學術與職業生涯
教育、設計跨學科統合學生興趣的課程、機構組織能以電腦化管
理課程並促進學生學習、優質課程之建構應廣泛的納入與生活相
關之要素。

　　今日台灣之教育往往是美國教育「橫的移植」，教育理念跟
著美國走，是否合於國情全盤接收自有方家橫議，毋庸憂慮，憂
慮的是家長們「無論怎麼改革都要補習」的日式思維、學生欠缺
主動學習的態度。如何扭轉家長觀念？如何培養學生主動學習？
才是教育成功釜底抽薪之道。

德育說

　　德者，道德、品德是也。道德乃內在修養，品德乃外顯行為。

　　內在修養即孔子之「以仁存心」，至孟子更擴充為「仁、義、禮、智」四端，「惻隱之心，仁之端也；羞惡之心，義之端也；辭讓之心，禮之端也；是非之心，智之端也」。外顯行為乃「仁」之實踐，孔子曰：「吾道一以貫之，『忠恕』而已矣！」盡己之心之謂忠，推己及人之謂恕。凡事盡心盡力為之，站在他人立場想想，則惻隱之心、羞惡之心、辭讓之心、是非之心備矣。

　　德育，乃以德育人也。子曰：「為政以德，譬如北辰，居其所而眾星拱之。」這是儒家的無為思想，以「德」無為，以德化人，說的是「身教」，亦即「君子之德，風；小人之德，草；草上之風，必偃。」的「風行草偃」之上行下效是也。更是「子帥以正，孰敢不正？」「其身正，不令而行；其身不正，雖令不從。」的「以身作則」。所謂「經師易為，人師難為」，說的就是「以身作則」之「身教」難為也。

　　德育之古意今用，乃是轉化「仁義禮智」之知覺與「君臣有義、父子有親、夫婦有別、長幼有序、朋友有信」之倫常，融入私領域、公領域與專業領域之中。期待學生在私領域有個人的良知良能、道德判斷，能做個「好人」；在公領域能維護道德基

礎、遵守公序規範、追求正義與關懷，能做個「好公民」；在專業領域能具備結合理念與實踐的專業倫理之知能與品德，成為一個「好人才」。

德育的轉化創新，在當今的教育層面可延伸為「價值教育、生命教育、人權教育、法治教育、民主教育、公民資質教育」等，如何在校園裡落實？李琪明建議可透過正式課程〈各科教學〉、非正式課程〈社團活動、班會、自治會〉、潛在課程〈師生互動、校園氣氛、環境佈置〉來達成，其策略如下：

1. 道德討論方式：運用「道德兩難」、「倫理決定」，老師提供多元資訊，但要避免成為「標準答案」。

2. 價值澄清方式：必須包括三個歷程七個必備條件。歷程一是「選擇」：自由地選擇、從各種方案中選擇、深思熟慮各種方案後果後選擇。歷程二是「珍視」：珍愛選擇並感高興、肯定並願意公開其選擇。歷程三是「行動」：選擇採取行動、重複行動並形成一種生活型態。

3. 文學故事方式：利用文學作品、歷史故事、時事等多元素材，促進道德反省與批判思考。

4. 藝術陶冶方式：藉由美感教育、藝術學習與作品展演，提供自我探索與道德思考空間。

5. 關懷和諧方式：關懷倫理可藉由「身教、對話、實踐、肯定」四要素完成。

6. 參與體驗方式：從「做中學」，推廣「服務學習」。

7. 道德紀律方式：紀律是道德成長的工具，德育實踐採用道德紀律最普遍的策略是運用「班會」。

8.校風形塑方式：類似以往的「中心德目」，但不能流於口號，須能代表學校特色，並能長期經營永續發展。

德育，雖不能以量化評鑑，但可筆諸於質化描述，期許「在學校有安全感、受到尊重、公平對待……」，抽象的感知往往左右心之所嚮，正如曾國藩所云：「風俗之厚薄奚自乎？自乎一、二人之心之所嚮。」這一二人，是關鍵扭轉也。

（04，4月，2009）

智育說

　　段玉裁說文解字注：「知〈智〉，詞也，從口從矢，識敏，故出於口者疾如矢。」可見智與知同源而互為相關。於今之解，乃指知識存用的敏捷度，謂之智力、智慧、知識庫存。

　　美國哈佛大學心理學教授嘉納（Howard Gardner）在其探討智力之著作「心智結構：多元智能理論」（Frames of Mind：The Theory of Multiple Intelligence），主張多數人有八種智慧的認知架構：

1. 語文智能：能有效運用言語來表達的能力，即口語表達、理解能力、書寫能力。
2. 邏輯數學智能：能推理、計算及掌握邏輯思考的能力。
3. 視覺空間智能：能敏感而準確地感知色彩、線條、形式及空間之間的關係。
4. 音樂智能：對於聲音、環境、音樂的敏感度。
5. 肢體動覺智能：能運用身體表達想法與感覺，能運用雙手生產或改造事物。
6. 人際智能：與人交往溝通時，能察覺他人的情緒、意圖、動機及感覺。
7. 內省智能：能察覺個人內在情緒感覺，有自知之明。
8. 自然觀察者智能：能實際操作實驗，認識生態環境，亦即解決環保問題的能力。

多元智能藏之於人的成分，有高低強弱之別，施之於教育，則有啟發智能、開發潛能之說，可融入課程教學之中完成。如何在教學中完成學生多元智能開發？林煥祥認為「論證、批判思考、探究」，是跨領域、跨學科教學的智育三元素。

　　所謂「論證」（argumentation），其內容包括數據或資料、論述、依據、結論或宣告及反證等要素。行之於教學實踐則可大別為二，其一為「修辭或教誨式的論證」，表現在課堂上就是教師以充分的理由說服學生，使他們了解該論述的合理性。其二是「對話式或多元意見式的論證」，以小組討論式的教學方式，讓學生互相討論、質疑、辯論、挑戰，教師只提供學習資源、輔導，並安排整合式的討論。

　　所謂「批判思考」（critical thinking），乃是「自己提出問題、自己思考問題、自己尋找相關資訊、自己解決問題」的主動學習過程，不是由外向內注入的被動學習。杜威（John Dewey）在1933年即已確立了「學習如何思考」是教育的主要目的，而孔子更在兩千年前即提出「學而不思則罔，思而不學則殆」學思並重的治學方法。於今觀之，批判思考的教學仍有待開發，然而如何施為？批判思考的元素可如斯描述：「在某些觀點內，運用某些概念，試圖達到某些目的。專注於某些問題，基於假定，使用訊息，從而得出結論，這一切都是有含義的。」

　　所謂「探究」（inquiry），是探索知識或資訊，是求真的活動，是提問和質疑的活動。其中包含：進行觀察、界定問題、驗證知識與資訊來源、進行探索活動、進行收集與分析、進行詮釋並提出結果，探究需要使用批判思考與邏輯思考。探究式教學在

於培養富潛能、有創意的人才，在教與學的關係上要正確的處理
「教師主導」與「學生主體」的對立。在教學形式上要打破「單
一班級授課制」，以「分組教學」或「個別教學」的策略，發展
學生個別差異。

　　盱衡今日智育實施現況，在課程結構與教學內容上，仍無
法做到「因材施教」。能力分班之所以被人詬病，就是在於沒有
辦法做到配合不同能力設計不同的教學內容、評量方式、及能力
檢核機制。在教材相同、評量試題相同的情況下能力分班，等
同漠視學生的個別差異。所謂的「跑班」，不單只是滿足「選
修課」，其基本精神應是「跑不同程度的班」，譬如國文在A級
班、英文在B級班、數學在C級班，其課程內容有深淺之別。這才
是因材施教的能力分班，這才是「no child left behind」的釜底抽
薪之道。

體育說

　　體育者，乃是「以身體學習運動技能以提升運動興趣，繼而實現身體卓越的自我理想」。亦即透過運動概念的建立與習慣的養成，以促進身體的適能，在此過程中得以體驗及領悟運動的精神並落實道德行為以促進人際之互動。

　　體育之理念用之於學校教育，乃是透過身體運動的模式，從技能、認知、情意三個層面教育學生：

1. 技能層面：運動技能可簡單、可複雜、可容易、可困難。常見於生活中的有動作發展、運動技術、生活技能、以及自衛技巧等。動作發展是個人成長歷程中，除了心智發展、身體發育之外的另一關鍵因素，通常在兒童期發展完畢。運動技術則是學習而來，可以培養成興趣，進而養成習慣。甚或與生活、工作相關聯而名之為生活技能，譬如搬貨、焊接、提重物、騎車、開車、刷油漆等等，都得應用運動原理中的平衡、協調、重心移位、關節與肌肉調節、藉力使力等完成。運動技能亦具有身體保護與自衛技巧的功用，常常運動的人在發生下樓梯踩空、跌倒等意外時反應較靈敏而減輕受傷程度。

2. 認知層面：運動概念、正確運動認知、正向態度等等的建立，有助於運動習慣的養成並進而促進身體適能。形塑運

動概念是養成主動運動習慣的前提，認知運動對身心健康的重要，認知「運動樂趣寓於良好的運動技能」，體育知識的真正理解則需要透過運動技能的展現。體育知識是抽象的概念，必須透過運動技能具體化為可見度高的行為，方可利於評價以確認體育知識是否內化。是故體育成績的評量方法不同於一般學科的紙筆測驗，而是評量其外顯的體育技能之高下，此高下或為學習成果，或為運動天賦，並不需要尋求人人高分的齊頭式紙筆測驗。運動技能，自有其天賦的個別差異，其價值在於找出適合個人身體適能且終身從事的運動項目。

3. 情意層面：孔子曰：「君子無所爭，必也射乎！揖讓而升，下而飲，其爭也君子。」意謂有才德的人不隨便爭奪什麼，必定要爭的話就是射擊比賽，但是要講禮貌風度，上場前要行禮，輸了下場要喝酒以謝，這才是有才德者的好樣。是故道德操守與涵養就是運動家精神，「涵蓋誠信、公平、服從、互助、合群與犧牲等元素」，學生透過「運動參與、公平競爭、團隊合作」，體驗運動精神，體悟人際互動，獲致身心合一的發展，促進身體適能的提升。

程瑞福將體育的範圍分為六個類型：

1. 體育教學：其功能在於使受教育者透過身體運動均衡性與適量性的強調參與、運動技能的學習應用、行為規範的個人修養與人際互動，以及享受運動樂趣及自我實現等目標的達成，進行五育均衡發展，以完成全人教育的落實。

2. 運動競技：其主要特色是在公平競爭原則下與他者的對抗，因此參與者須有玩心、征服的野心、認同遊戲規則及特殊專項運動技能。

3. 身體適能：意指身體結構與機能適應生活型態的能力。包括健康、競技、國防、特殊、專業與塑身等六種。

4. 休閒運動：乃是在自由時間、自發意願中找尋樂趣、創意及幸福感的身心合一活動。

5. 舞蹈展演：透過身體做為表現的工具，用心靈舞動身體，具有雕塑健身、生心理治療、人際互動、行為規範等功能。

6. 民俗體育或民俗運動：意指鄉土體育及本土體育，可分為童玩、養生、藝陣及武術等項目。

體育是終身養成教育，是融入於生活的習慣，攸關於身體健康。人生的核心價值是什麼？就是健康、工作與家庭。健康擺第一，沒了健康，萬事休談。運動是維繫健康的方式之一，選擇適合自己身體適能的運動項目，持之以恆的打造自己的健康世界。

群育說

《20，4月，2009》

　　說文解字曰：「群，輩也。若軍發車百輛為輩……朋也類也，此輩之通訓……引申為凡類聚之偁。」是故群者眾聚也，群育者，育小我之個人於大我之團體也。

　　群的關係包括：他人、團體、社會（國內外）、自然（生命與非生命）。狹義的群育為群性陶冶課程與活動，廣義的群育則包括所有陶冶個性與群性的五育活動，其特色在於親身的體驗，體驗人際與自然關係之覺知、知識、行動技能。基於此，Dewey的經驗教育哲學與Kolb的體驗學習理論則為群育陶冶的指導方針。

　　Dewey認為「有教育價值的經驗會修正個人的行為和活動，而影響後來的經驗；它會形成態度，而態度包含感情和智慧，能以之覺察和處理生活的情況，真正的經驗是將外在的條件附屬於個人具有的內在經驗。」因此Dewey要求教師不僅要了解環境條件，也要應用環境情況來產生能促進成長的經驗。譬如學校辦理的園遊會，班級導師如何引導，就決定了學生所接受的是怎樣的群育陶冶。

　　Kolb的體驗學習包括：具體經驗、反思觀念、抽象觀念、活動實驗等四個學習循環進程。由人際之互動、接觸、了解而形成具體經驗；透過觀察反思而有個人觀念；經過情意和象徵化過程

的吸收類化而能體會抽象觀念；面對各種情況採納所領會的經驗原則，得以改變行為和獲得新的經驗而成長。

除了經驗教育與體驗學習的直接經驗之外，尚有所謂的觀察學習，亦即透過觀察別人的行為而獲知結果的學習，又名之為示範學習。其包括四個部分：1.仔細注意觀察對象。2.保留示範者行為的特徵。3.重複行為。4.依據獎賞或行為結果來修正行為。模範生的選拔或選舉就是觀察學習，青少年的偶像崇拜也有這種效果，所以要慎擇偶像，適度誘導學生偶像崇拜的方向。

在活動中所學習的經驗能否有效運用到生活中，就得看學習轉移的效果，張靜瑩提供群育主題教學三個參考：

1. 群育教學在引導學生建構知識，不在也不可能傳輸學生知識。
2. 群育教學的目的在促進學生思考和了解，不在記背知識與技巧。
3. 群育學習是以：做中學、談中懂、寫中通等多元互動的社會建構，非為：聆聽、練習等單向的任意建構。

群育，是綜合教育，綜合課堂內外所有教學之團體活動，舉凡智育、德育、體育、美育等教學活動中的團體互動，皆概括之。於當今之教育項目稱之為「綜合活動」，黃譯瑩與蔡居澤提出綜合活動教學原則：

1. 教師能提供讓學生體驗或實踐學習主題的機會。
2. 教師能在學生對學習主題進行實踐、體驗與省思的過程中，引導學生探詢學習主題之於自己的意義。

3. 教師協助學生在建構自己對學習主題的意義之同時探索
   自我。

　　子曰：「夫仁者：己欲立而立人，己欲達而達人；能近取
譬，可謂仁之方也已。」群育的最終目的，就是教育學生從自身
為起點，建立健康、積極的人生價值觀，進而參與社會事務，透
過溝通、協調、互助合作、體驗、省思、實踐，發揮群策群力的
組織及領導才能，成就自己、成就別人；達成小我、完成大我。

美育說

美的定義為何？

桑塔耶那如是說：「美，乃是積極的、內在的、而且客觀化了的價值。美，即那為人視作一件事物之性質的快樂（Beauty is pleasure regarded as the quality of a thing）。美，是一種價值，這就是說，它不是一種事實內容或一種關係之感知：它是一種情緒，一種出於我們意取的與欣賞的天性（our volitional and appreciation nature）的愛好。一個客體如果不能把快樂給予任何人，就不能是美的：一種所有人都始終不感興趣的美，是一種邏輯的矛盾。」

朱光潛如是說：「美不僅在物，亦不僅在心，它在心與物的關係上面；但這種關係並不如康德和一般人所想像的，在物為刺激，在心為感受；它是心藉物的形象來表現情趣。世間並沒有天生自在、俯拾即是的美，凡是美都要經過心靈的創造。美，就是情趣意象化或意象情趣化時心中所覺到的『恰好』的快感。」

藝術家認定的美，必須經過「表現」或「創造」，是批評也是感知，因為批評而有客觀的價值，因為感知而生批評之意，而感知正是一種情緒，一種心靈的創造。因此美感是極纖細的直覺，極敏銳的心領神會。

克羅齊認為藝術的特殊價值就是美，是故美感落之於教育則必訴諸藝術課程，普通高級中學必修科目「藝術生活」包括：基

礎課程、環境藝術、應用藝術、音像藝術、表演藝術及應用音樂。

「基礎課程」的主要內容有美感基礎、感官要素及實作。「環境藝術」有建築、都市、景觀及室內設計。「應用藝術」有飲食用具、傢俱、衣著、裝飾及其他用品。「音像藝術」為電影、多媒體。「表演藝術」為戲劇和舞蹈;「應用音樂」為空間與音樂、科技與音樂、影像與音樂、以及肢體與音樂。

陳瓊花認為,當前美育的特質至少涵蓋三個面向:1.強調生活與社會脈絡意義的重要性。2.強調以批判思考為基礎的多元創作與鑑賞。3.強調主動建構意義的學習。在美育的實施上則須掌握兩項基本原則,其一為提供學習者美感經驗的體驗與省思,其二為了解美感經驗的文化差異。

美感教育除了實施於正式課程之外,更要善用非正式課程與潛在課程的功能,寓美感於生活,寓美感於人身:生活之情調、人身之動靜,皆有美意。於是莫內的畫是美、梅蘭芳的身段是美、柴可夫斯基的樂章為美、安藤忠雄的建築為美、爾等舉手投足衣香鬢影言笑宴宴洵為美也。

美在哪裡?唯心之為美,美在起心動念之為真為善,美在相知相與相為相體恤,美在不使淚流……

這樣看書

　　買了一落書一直沒時間看，這兩天休假就隨手撿了幾本帶在車上，分配在不同的時段看完。

　　小栗左多里的漫畫「達令是外國人2」是在高速公路服務區喝咖啡休息時看的。寫的是小栗的異國婚姻，與另一半義大利籍丈夫的生活瑣事。這是殺時間看的書，其特色乃是以漫畫寫實，不同於一般漫畫的虛構情節，很能彰顯作者的個人風格。落到女兒手上就成了「廁所文學」，這裡沒有貶低的意思，只不過是咱們家兒女如廁習慣帶書，一些輕鬆的書自然就冠上這個美名。

　　妹尾河童的「窺看日本」是泡湯的時候看的。河童很用力的以工筆畫插圖，我起初困在自己的思維裡百思不解，數位相機這麼便利了怎麼要做倒退的事？看了幾頁才恍悟這是河童的事業。原來他在收集資料時是相機與素描雙管齊下，然後再在工作室裡以工筆呈現。河童的專業是視覺設計，長期從事舞台美術設計，在書裡喜以鳥瞰圖取代一般的透視圖。文章內容寫的是日本鮮為人知的歷史，配合著工筆插圖，情節頓然生動活潑了，是報導文學與插畫的結合體，是只此一家別無分號的個人風格作品，知識性加上視覺效果極佳的插畫說明，值得珍藏。他之前出的「窺看歐洲」「窺看印度」改天再一併上網訂購。

　　大前研一的OFF學，我花了30分鐘瀏覽完畢，下班的時候參考參考。大部分的時間我在交替著看兩本書，兩本深深合我脾胃的書，兩本可深思熟慮的書……沃爾瑪效應、長尾理論。

　　沃爾瑪（Wal-Mart）是美國最大的零售商，也是全世界最大的零售商。40年來他們什麼都賣，卻堅持要賣得比別人便宜，以改變消費者生活。他們的便宜不是惡性降價，而是找出浪費的事物並消除，建立出一套高效率的新標準，幫大家把成本降下來，特別是一般消費者的成本。沃爾瑪精神就是：努力工作、節儉、紀律、忠誠、自我精進、永不懈怠。富蘭克林的道德觀就是他們的工作哲學，一個成功的企業背後必定是少不了犧牲奉獻的。

　　「長尾理論」是打破80/20法則的新經濟學，起初作者克里斯.安德森取名「98%的法則」，後來改為「新娛樂產業的新法則」，最後根據統計圖上「長尾分布」的曲線圖定名。於2004年10月在「連線」雜誌發表，主要是說在網際網路時代99%的產品都有賣出的機會，也就是「最大利潤來自最小額的銷售」，暢銷商品的確能領一時之風騷，然人的品味終究各異，在實體商店陳列不下的非暢銷商品，在網際網路上都找得到，且需求者不在少數，而需求也一直存在，這些需求往往是企業的利基，長尾加總的利潤絕對勝過暢銷商品。這無形中打破了「80%的利潤來自20%的暢銷商品」的慣有法則，這個現象在google、無名小站可見，它們的成長是來自於小廣告商及小小的群眾的需求。這是值得思考的現象，一些表現平凡的大多數，極具寫歷史的潛力。也

就是說80/20法則是特色發展，「長尾」是永續發展，再加上「藍海策略」就是所向披靡的生存之道。

沃爾瑪效應、80/20法則、長尾理論、藍海策略……好好想一想……

【17，6月，2007】
香水

　　電影的美在於畫面聲光的視聽效果，小說的美在於細膩白描的文字無限延伸的聯想空間。

　　電影裡的旁白就是拍不出來的抽象空間，可也不妨礙它的簡單的美，「香水」裡把死相處理得很有美感，像是一幅幅橫呈的美女圖，削弱了葛奴乙變態的印象。其實徐四金並不將葛奴乙的行為做變態導向，反而有一點在渲染嗅覺的神奇，小說裡有極大篇幅是描述葛奴乙嗅覺分析下的各種細膩的氣味，是電影拍不出來的抽象知覺，是人們忽略甚至無法察覺的感知。雖然我們也使用「臭味相投」「心氣相通」「海畔有逐臭之夫」這些嗅覺成語，但是我仍然認為徐四金塑造的葛奴乙是超脫現世的嗅覺之神。

　　不過我也小小的相信葛奴乙的說法：每一個人都有他獨特的氣味，一般人卻不能察覺，總以為一個人被眾人趨之若鶩的迷戀是因為美麗的外表，殊不知是個體獨特的香氣使然。這樣的說法挺美的不是嗎？

　　電影裡也沒有拍出葛奴乙為自己研發各種人味香水，在不同時段使用以達到他想要的反應。因為他是一個沒有人味的人，別人不是沒注意到他，就是被他嚇得閃躲。他出生後換了許多奶媽，只有一個人能具體的說出不要他的理由：他沒有人味，沒有

一般嬰兒應有的味道，只有在情感上已麻木不仁的賈亞爾太太接納他，電影就簡單的從這裡開始。

徐四金的創意處處可見，一是透過嗅覺描述人類的感官慾望，這個部份是電影無法表達的，即使旁白也難以盡其精彩。一是葛奴乙想霸佔的是體香而不是人，這樣就構成了變態的原型，由沒有人味的人來完成比較符合公序良俗。

徐四金創造了嗅覺世界，也間接諷刺了人類知覺的駑鈍，鈍得要由一個沒有人味的葛奴乙來敲醒，你是要承認你的鈍，還是要鄙視葛奴乙的荒謬？

〔30，8月，2008〕

鴿子來的午後

廚房怎麼停了一隻鴿子呢？我趕緊欺身拍下鴿身鳥影，鴿子笨憨憨的不知怕人，看起來像似傷了右腳，單用左腳跳著走。「乖鴿子飛呀！腳受傷就不能飛嗎？」我把它捉回陽台

放飛，它卻兀自呆站著，家貓嚕嚕攀在窗檯隔著紗窗喵喵叫著，「你別嚇它，它腳受傷了」。彼等禽獸是聽得懂人話的，不一會兒但見鴿與貓和平對話，嚕嚕蹭到陽台趴在地板上，靜靜陪著下飛到水桶上站著的鴿子。這是一個神奇的午後，鴿子與貓和平共處的午後。

這樣的午後可以做什麼呢？為下午收假的兒子造一餐飯，兒子照例乖巧的陪媽媽喝一盅小酒、努力的把盤裡的菜吃盡……然後閒聊，然後目送瘦長的背影離去，感覺就像龍應台寫的：「我慢慢地、慢慢地瞭解到，所謂父女母子一場，只不過意味著，你和他的緣分就是今生今世不斷地在目送他的背影漸行漸遠。你站立在小路的這一端，看著他逐漸消失在小路轉彎的地方，而且，他用背影默默告訴你：不必追。」想著離家的兒女如是，離世的

父母又何嘗不是？龍應台的「目送」讀來蒼蒼涼涼卻心有戚戚，是這個年紀的感情，這個年紀最珍貴的是成長的記憶與泛黃的相簿，老家可以搬空，只要把相簿留給我，彷彿回憶是醫療現世踟躕抑鬱的良藥。

鴿子飛了嗎？在我抽身外出時飛了。

「每一個人都會對另一個人造成影響，另一個人又會對其他人造成影響，這個世界充滿了故事，然而所有的故事共同串聯成一個完整的故事。」「在天堂遇見的五個人」這本書裡這麼寫著，每一個人在天堂都會遇見五個人，這五個人有的你認識，有的你並不認識，他們卻在你的生命中成就你或影響你。那麼，有生之年就要學習珍惜我們遇見的人，並為擦肩而過的人祈福，或許因為他消失在轉彎處，我們才得走康莊大道。這樣柔性訴求人的可親可善，是不是在救贖人世間的劍拔弩張呢？

鴿子還會再來嗎？我小小的期待著呢！

「蘋果橘子經濟學」裡談到「所謂誘因，就是促使人多做好事，少做壞事的一種手段……誘因大致有三類基本性質：經濟、社會、與道德」，曾經有研究者把道德誘因與經濟誘因作對比，以了解捐血行為的動機。他們發現：如果給予捐血者小額獎金，而非單純的稱讚他們熱心公益，捐血的情形會變少。獎金使得高貴的慈善行為變成為了幾塊錢而受罪，完全划不來。如果獎金提高到五百西西的血值五千元呢？就會出現誘因的黑暗面，有人可能偷採別人的血、可能用豬血混充、可能偽造身分證以規避個人捐血上限……所以，屬於道德誘因的就不必被經濟誘因取代。

鴿子什麼時候再來呢？

◖08，11月，2008◗
夢想的顏色

　　歐巴馬說：「我不是白的，不是黑的，我的顏色就是夢想的顏色。」

　　最近一期的商周〈1094〉與天下〈409〉雜誌都即時報導了美國甫誕生的新總統歐巴馬，歐巴馬的當選可謂舉世騰歡，長久以來信仰「美國改變就是世界改變」的普世價值，加持了歐巴馬時代來臨的必需性，把美國從911之後「輸出恐懼」的失敗形象，重新扳回到「輸出希望」的領導形象。這個時候再翻閱Thomas L. Friedman的「世界又熱、又平、又擠」這本書，你會更確定一件事，Friedman的綠色行動〈Code Green〉就是在行銷「美國的希望‧希望的美國」，並期望找出像歐巴馬這樣跨文化、善協調、求改革、看未來的領導人。也就是說，Friedman行銷了歐巴馬價值，被次級房貸與金融風暴壓垮的美國大夢甦醒之際，美國人領悟到「不必做必要的節制或犧牲，就能實現擁有房子；不用認真讀書打好紮實的教育基礎；不必存錢建立良好的信用記錄」的次級房貸投機態度是導致結構崩潰的殺手。一個國家終究不能像次級房貸一樣拿未來作抵押，而是要踏實、漸進的投資未來，國家的未來是什麼？就是「經濟與教育」。

　　「投資綠能、富人加稅、伊拉克撤軍」，似乎有助於美國回歸「美國實力最強、影響力最大的時候，往往就是能夠結合創新

與啟發、兼顧建立財富與尊嚴、追求高利潤也不忘處理大問題的時候」的世界領導者形象。Friedman主打綠能，「綠色經濟是所有市場之母」，「綠色行動」的終極目標是「幫助弱勢族群改善生活、與他人攜手服務人群」。這個近似孔子「己立立人、己達達人」的思想，即將由美國執行。另外一個北歐小國，也默默實現了「因材施教」的教育理念。

「No child left behind」，芬蘭這個北歐偏遠的小國做到了，它連續三年被「世界經濟論壇」評比為「成長競爭力」全球第一名，這個郊於「俄羅斯」與「瑞典」兩強之間的小小國家，如何認真的對待教育呢？「沒有資優班，珍視每個孩子的芬蘭教育」這本書裡，作者深入的探討芬蘭教育孩子的「務實、公平」作法，沒有資優班，沒有後段班，只有引導班。沒有不公平的較勁，「如何善待學生，怎樣教導才對學生最有益處，從來不是為了讓學生或自己的教學成果拿第一或搶第一」。「所有的評估與考試都是為了讓學生知道從哪裡去改進，考試的目的不是要給孩子帶來挫折」。

台灣與芬蘭極相似，小國、少資源、郊於強國，最後的決勝點就在於教育，教育的夢想顏色為何？教育的基本面何在？「教學」是也！

《28，9月，2008》
找答案

　　為了排課原則衍生出的一些問題在校園流竄，由一位退休老師發難，你來我往的email遍發全校，老師們在網路上開火，一時議論紛紛。這並不是個好現象，大家都陷入右腦的思考情緒起來，其實是慣用左腦思考的人無法處理慣用右腦思考的人的問題，然後就統統被右腦控制憤怒起來。

　　右腦掌管情緒語文，左腦職司邏輯數字。慣用右腦的人凡事講情，慣用左腦的凡事唯理，情理其實是可以兼容並蓄的，即使祭之於法，也不外乎情理。

　　因薔密強颱不必北上修課，心下悠閒起來就想著為現象找答案，有什麼好用的書呢？有什麼書可以幫助人際溝通呢？其實都是一些日積月累的小情緒，在一個節骨眼上爆發了。爆發後又都傷得很重，又都懊惱，能不能避免或好好解決呢？好像大家都少了一點什麼。書架上這一本黑幼龍的「贏在影響力」好像可以推廣，改天拿到「聊齋」給大家看看。

　　「贏在影響力」這本書在講卡內基的人際關係九大法則：

一、不批評、不責備、不抱怨

二、給予真誠的讚賞和感謝

三、引發他人心中的渴望

四、真誠地關心他人

五、經常微笑

六、記得別人的名字

七、聆聽。鼓勵別人多講自己的事

八、談論他人感興趣的話題

九、衷心讓別人覺得他很重要

「批評和責備只會造成衝突，也是傷害親密關係的利刃」，黑幼龍教你做到「三不」的妙法。

心理學大師威廉.詹姆士說：「人類本質中最殷切的需求是：渴望受到肯定。」給予真誠的讚賞和感謝是卡內基哲理中的菁華。

「關懷可以融化冰牆」「孩子最後會變成什麼樣子，和父母親是否付出關懷，有絕大的關係」。

「積極的聆聽」表達出人和人之間的關懷和重視。「很多事情的破局，就是因為雙方都沒有聆聽對方，尊重彼此」。

「人的一輩子都在尋找重要感」「當你在尋找自己的重要感時，別忘了，你身邊的每一個人也正在尋找重要感，而你就是那個可以給他們重要感的人」。

人，要的不多，只是一種美好的感覺。

國家圖書館出版品預行編目

第七隻毛毛蟲——成長與蛻變 / 卓子瑛著. --
一版. -- 臺北市：秀威資訊科技, 2010. 05
　　面；　公分. --（語言文學類；PG0348）
BOD版
ISBN 978-986-221-434-3（平裝）

855　　　　　　　　　　　　　99004864

語言文學類　　PG0348

第七隻毛毛蟲——成長與蛻變

作　　　者 / 卓子瑛
發　行　人 / 宋政坤
執 行 編 輯 / 邵亢虎
圖 文 排 版 / 鄭維心
封 面 設 計 / 大漠印刷設計
數 位 轉 譯 / 徐真玉　沈裕閔
圖 書 銷 售 / 林怡君
法 律 顧 問 / 毛國樑　律師
出 版 印 製 / 秀威資訊科技股份有限公司
　　　　　　台北市內湖區瑞光路583巷25號1樓
　　　　　　電話：02-2657-9211　傳真：02-2657-9106
　　　　　　E-mail：service@showwe.com.tw
經　銷　商 / 紅螞蟻圖書有限公司
　　　　　　台北市內湖區舊宗路二段121巷28、32號4樓
　　　　　　電話：02-2795-3656　傳真：02-2795-4100
　　　　　　http://www.e-redant.com

2010 年 5 月　BOD 一版
定價：240 元

讀 者 回 函 卡

感謝您購買本書,為提升服務品質,煩請填寫以下問卷,收到您的寶貴意見後,我們會仔細收藏記錄並回贈紀念品,謝謝!

1. 您購買的書名:＿＿＿＿＿＿＿＿＿＿＿＿＿＿＿＿＿

2. 您從何得知本書的消息?

　□網路書店　□部落格　□資料庫搜尋　□書訊　□電子報　□書店

　□平面媒體　□ 朋友推薦　□網站推薦 □其他＿＿＿＿＿＿

3. 您對本書的評價:(請填代號　1.非常滿意 2.滿意 3.尚可 4.再改進)

　封面設計＿＿　版面編排＿＿　內容＿＿　文/譯筆＿＿　價格＿＿

4. 讀完書後您覺得:

　□很有收獲　□有收獲　□收獲不多　□沒收獲

5. 您會推薦本書給朋友嗎?

　□會　□不會,為什麼?＿＿＿＿＿＿＿＿＿＿＿＿＿＿＿＿

6. 其他寶貴的意見:＿＿＿＿＿＿＿＿＿＿＿＿＿＿＿＿＿＿＿

＿＿＿＿＿＿＿＿＿＿＿＿＿＿＿＿＿＿＿＿＿＿＿＿＿＿＿＿

＿＿＿＿＿＿＿＿＿＿＿＿＿＿＿＿＿＿＿＿＿＿＿＿＿＿＿＿

＿＿＿＿＿＿＿＿＿＿＿＿＿＿＿＿＿＿＿＿＿＿＿＿＿＿＿＿

讀者基本資料

姓名:＿＿＿＿＿＿＿＿＿＿　年齡:＿＿＿　性別:□女 □男

聯絡電話:＿＿＿＿＿＿＿＿ E-mail:＿＿＿＿＿＿＿＿＿＿

地址:＿＿＿＿＿＿＿＿＿＿＿＿＿＿＿＿＿＿＿＿＿＿＿＿＿

學歷:□高中(含)以下　□高中　□專科學校　□大學

　　　□研究所(含)以上 □其他＿＿＿＿＿＿＿＿

職業:□製造業 □金融業 □資訊業 □軍警 □傳播業 □自由業

　　　□服務業 □公務員 □教職　□學生 □其他＿＿＿＿＿

(請沿線對摺寄回,謝謝!)

秀威與 BOD

BOD（Books On Demand）是數位出版的大趨勢，秀威資訊率先運用 POD 數位印刷設備來生產書籍，並提供作者全程數位出版服務，致使書籍產銷零庫存，知識傳承不絕版，目前已開闢以下書系：

一、BOD 學術著作—專業論述的閱讀延伸
二、BOD 個人著作—分享生命的心路歷程
三、BOD 旅遊著作—個人深度旅遊文學創作
四、BOD 大陸學者—大陸專業學者學術出版
五、POD 獨家經銷—數位產製的代發行書籍

BOD 秀威網路書店：www.showwe.com.tw
政府出版品網路書店：www.govbooks.com.tw

永不絕版的故事・自己寫・永不休止的音符・自己唱